Dedico este livro a

____

Todas as crianças e jovens são inteligentes,
Mas nem todos desenvolvem as suas habilidades.
Para desenvolvê-las, aprenda a:
Administrar a sua ansiedade, lutar pelos seus sonhos,
Proteger a sua emoção
E enfrentar os seus medos.
Ao aprender, não tenha medo de chorar,
E, ao chorar, repense a sua vida, porém não desista.
Lembre-se de que os frágeis recuam, mas os fortes
Dão sempre uma nova chance a si mesmos.

________________________ __/__/__

ANSIEDADE

COMO ENFRENTAR O MAL DO SÉCULO
PARA FILHOS E ALUNOS

AUGUSTO CURY

ANSIEDADE

COMO ENFRENTAR O MAL DO SÉCULO PARA FILHOS E ALUNOS

A TURMA DA FLORESTA VIVA

CONTROLANDO O ESTRESSE DE FORMA INTELIGENTE E DIVERTIDA COM A TURMA MAIS INCRÍVEL DO PLANETA

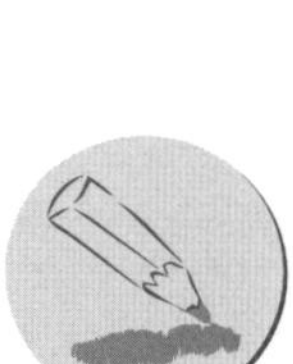

Quando você vir este ícone, use toda a sua criatividade para colorir o desenho e diminuir o estresse.

Benvirá

Preparação Augusto Iriarte
Revisão Laila Guilherme e Maria Fernanda Alvarez
Revisão técnica Flavia Marques Ferrari
Diagramação Eduardo Amaral
Ilustrações Pamela Escobar Fernandes
Impressão e acabamento Gráfica Paym

Dados Internacionais de Catalogação na Publicação (CIP)
Angélica Ilacqua CRB-8/7057

Cury, Augusto
Ansiedade: Como enfrentar o mal do século para filhos e alunos / Augusto Cury ; ilustrado por Pamela Fernandes Escobar. – São Paulo : Saraiva, 2015.
192 p. : il.

ISBN 978-85-8240-210-8

1. Literatura brasileira 2. Ficção 3. Histórias de aventuras I. Título II. Escobar, Pamela Fernandes

CDD B869
15-0544 CDU 82-3

Índices para catálogo sistemático:
1. Literatura brasileira

1ª edição, 2015 | 6ª tiragem, agosto de 2020

Av. Paulista, 901, 3º andar
Bela Vista - São Paulo - SP - CEP: 01311-100

SAC: sac.sets@somoseducacao.com.br

CÓDIGO DA OBRA 15403 CL 670295 CAE 568037

Dedico este livro a todos os alunos de todo o mundo. Vocês são o futuro da humanidade. Se forem saudáveis, desenvolverem a inteligência e tiverem autocontrole como os personagens deste livro, a nossa espécie terá dias felizes.

Dedico-o, em especial, aos mais de 200 mil alunos participantes do programa Escola da Inteligência e da franquia Menthes (Método Augusto Cury). Semanalmente, através da Turma da Floresta Viva, vocês vivem grandes aventuras e aprendem a ter autocontrole, a proteger a emoção, a ser líderes de si mesmos e a construir relações saudáveis. Sei que vocês amam as aventuras de Cacá, Carol, professor Corujão, Digalá, Saçá, Totó... Eu também os acho superengraçados e inteligentes. Parabéns às escolas que adotaram o programa Escola da Inteligência.

As histórias que aqui contarei foram inspiradas nessa turma, mas incluem adaptações e modificações para que sejam levadas ao cinema nos próximos anos. Vocês jamais esquecerão as viagens que farão com este livro. Preparem-se!

Prefácio

Meus livros foram lidos por dezenas de milhões de leitores em mais de setenta países, a grande maioria, adultos. Todavia, há anos, tenho sido instigado a falar aberta e diretamente à juventude, e duas obras me fizeram seguir esse caminho: *Petrus Logus – O Guardião do Tempo* e este *A Turma da Floresta Viva*.

Através do livro *Petrus Logus*, tenho falado a jovens sobre o futuro da espécie humana. Petrus é filho do grande rei Apolo, um rei injusto e autoritário que domina com mão de ferro o mundo no século XXII. Ao ir contra a ditadura do pai, o jovem príncipe é condenado a usar a terrível Máscara da Humilhação, pena aplicada somente aos criminosos mais perigosos. Ela deformou o seu rosto, mas não os seus sonhos. Petrus Logus não desistiu de tentar melhorar o mundo.

Agora, chegou a vez de falar diretamente a vocês, garotos e garotas, sobre o planeta Terra e, principalmente, sobre o maior e mais misterioso de todos os planetas: o da mente humana. Exploraremos o mundo da emoção de forma divertida e inteligente. Como? Com a incrível Turma da Floresta Viva, que vive no centro da misteriosa Amazônia.

Falando em mente humana, vocês sabiam que, hoje, uma criança de 7 ou 8 anos de idade tem mais informações do que tinha um imperador romano que dominava o mundo? Imaginem quantas informações um jovem de 14 anos armazena? São tantas que o seu cérebro fica estressado. Vocês acordam cansados? Têm dores de cabeça ou musculares? Sofrem por coisas que ainda não aconteceram? Não têm paciência? Estão com dificuldade de concentração e problemas de memória? Se sentem alguns desses sintomas, precisam administrar a ansiedade.

Faremos uma viagem junto com Cacá e Carol, dois jovens espertos e inteligentes, como vocês, mas que são agitados, brigam como cão e gato e, em alguns momentos, são dominados pela ansiedade, pela impaciência, pelo medo...

Cacá e Carol não ligavam para a natureza; nunca se desconectavam do celular, *videogame*, Facebook, Instagram. Entretanto, algo muito estranho aconteceu com os dois. Eles receberam um chamado secreto na escola, num dia em que ninguém prestava atenção na aula. Dois estranhos personagens os convidaram a conhecer o paraíso perdido da humanidade, a Floresta Viva, o lugar mais lindo deste planeta, mas também um dos mais perigosos. A vida deles virou de cabeça para baixo. Raramente dois jovens vivem tantas aventuras e enfrentam tantos riscos. Imaginem encarar onças, jacarés e sucuris!

Eles aprenderão as mais incríveis lições com o maior professor da Floresta Amazônica, um mestre que vivia escondido, e terão de usar a inteligência para manter o autocontrole. Só assim conseguirão sobreviver.

Preparem-se para rir, chorar e refletir. Se vocês amam uma aventura, apertem o cinto e embarquem nessa viagem!

1

O chamamento de Cacá

Mario era um dedicado professor de biologia. Mas, apesar da sua voz forte como um trovão, ele não conseguia prender a atenção dos alunos, que viviam, quase todos, no mundo da lua, ou melhor, no mundo do celular.

– Ei, turma! Prestem atenção! Desliguem esse bendito celular!

Nada. Uns estavam nas redes sociais, outros enviavam mensagens, outros navegavam na internet, outros mantinham conversas paralelas. Descabelado, quase sem voz, o professor insistiu:

– Parem de conversar!

Como seus pedidos não surtiam efeito, Mario bolou uma estratégia para chocar os alunos e, assim, atraí-los para a aula. "Dessa vez, vou conseguir que fiquem quietos", pensou. De repente, disse alto e bom som:

– Hoje vamos dissecar um sapo.

Ao ouvirem isso, os alunos imediatamente foram fisgados.

– Um sapo? – perguntou o mais distraído deles, Cacá.

Cacá tinha doze anos. Era um garoto alto, conversador e agitado. Era aparentemente forte, mas tinha pavor desses inofensivos anfíbios.

Os demais alunos emudeceram. Parecia que iriam enfrentar um dinossauro.

– Sim, vamos dissecar um sapo! E um bem vivo! Vamos abri-lo com um bisturi e estudar seus órgãos – confirmou o professor, com ousadia.

– Eu quase desmaio quando vejo uma barata, imagine um sapo cortado? – disse Elizabeth.

– Vamos todos ao laboratório agora – Mario ordenou.

Já no laboratório, o professor vestiu lentamente as luvas, pegou um bisturi com uma lâmina afiada e foi, passo a passo, em direção ao pobre animal. O sapo, preso numa caixa de vidro transparente sobre a mesa de granito preto, no centro do laboratório, estava bem calmo.

– Parece que ele está morto! Não se mexe – falou Cacá, nervoso.

Ele e seus colegas tiveram dois sentimentos diante da atitude do professor: primeiro, de dó do animal, que iria morrer sem piedade; segundo, de pavor de que o sapo escapasse e pulasse em cima deles. As garotas estavam apavoradas. Algumas taparam os olhos com as mãos para não ver a cena.

O professor abriu a caixa de vidro com cuidado, respirou profundamente e, com a mão livre, pegou rapidamente o bicho. Ao verem o animal em sua mão, alguns garotos disseram “uau!”. Nunca tinham visto um professor tão corajoso. Alguns o aplaudiram, outros sentiram um frio na espinha.

Mario, com um sorriso de super-herói, preparou a lâmina para sacrificar o animal. O sapo, ao perceber que ia morrer, fez um esforço tremendo e escapuliu da mão do professor. Pulou em cima da mesa e depois para o solo.

O que houve a seguir foi uma gritaria só. Bateu o desespero na turma. Os alunos, mesmo os mais engraçadinhos, que pareciam destemidos, pulavam para trás com medo do animal.

– Socorro! – gritaram Fernanda, Luana e Cléo ao mesmo tempo.

– Ele vai me envenenar! – exclamou Joaquim.

– Mãe, ele vai me morder! – disse Amanda Catarina.

– Acalmem-se! Não tenham medo! – bradava o professor, angustiado.

Mas, se os alunos já não o escutavam em circunstâncias normais, agora, em pânico, muito menos. O bicho pulava para cá, pulava para lá. Os alunos, tentando fugir do sapo, tropeçavam uns nos outros. Cacá caiu no chão, e, de repente, o sapo, como se tivesse gravado o rosto do garoto, começou a pular em sua direção. Era o que Cacá mais temia. Sentado no chão, foi se afastando para trás, porém o sapo se aproximava cada vez mais. Desesperado, Cacá se enfiou embaixo da mesa de granito.

Parecia que um monstro o estava atacando.

– Salvem-me! Socorro! – dizia o menino aos berros. Estava vermelho como pimentão.

Cacá não tinha autocontrole. Não sabia que a mente "mente", que conta mentiras, cria monstros a partir do desconhecido. Cacá mordia os lábios. Encantoado pelo animal, não tinha como escapar. Quando o sapo chegou bem perto do garoto, algo inesperado aconteceu. O animal falou:

– Cacá, você foi escolhido!

O garoto ficou chocado. O pavor o devia estar fazendo imaginar coisas. "Estou ficando doido. Sapos são irracionais, não falam, e muito menos sabem meu nome", pensou. Mas o animal repetiu:

– Cacá, acalme-se, você foi escolhido!

Quando se deu conta de que o animal tinha realmente falado, o menino respondeu:

– Esco… co… lhido pra quê?

– Para uma grande missão…

De repente, Cacá passou a ver o bicho como um belo animal, e não mais como uma ameaça. Todavia, nesse exato instante, alguns de seus colegas, bem como os funcionários da escola, apareceram com vassouras e outros objetos para matar o inofensivo sapo e salvar Cacá.

– Não o matem! Não o matem! – pediu o garoto, aos berros.

Ninguém entendeu nada.

– Você pediu socorro. Por que quer poupá-lo agora? – alguém indagou.

– Esse sapo fala! – Cacá afirmou.

Os funcionários da escola e os outros alunos quase desmaiaram – não mais de medo, e sim de tanto rir.

– Ficou maluco, Cacá? – disse um colega.

– Endoidou, garoto?! – indagou um funcionário.

O sapo aproveitou que todos estavam distraídos para fugir. Pulando com incrível habilidade, saiu do laboratório e adentrou os corredores. Por onde passava, assustava os meninos e as meninas da cidade grande, que nunca tinham visto um sapo ao vivo! Cacá e os demais alunos da escola também não sabiam que, por causa do aquecimento global, os anfíbios estavam diminuindo no mundo todo.

Todo aquele alvoroço ocorrera na primeira parte da manhã. Na hora do recreio, Cacá foi o centro das atenções. Os alunos espalhavam o que tinha acontecido no laboratório. Em pouco tempo, quase todos na escola sabiam do escândalo que Cacá dera. Ele virou alvo da turma, era zombado por onde passava:

– Olhem o sapo falante! Sapopopopopo! – diziam alguns alunos, imitando o coaxar dos sapos.

– Vejam, é o mestre dos bichos! – caçoavam outros.

– Maluco! – falavam os mais velhos.

Crianças e adolescentes representam o futuro da humanidade, porém, se não aprendem a se colocar no lugar do outro, tornam-se cruéis. A humilhação sofrida por Cacá registrou traumas no seu cérebro. Ele não parava de pensar nas ofensas. Dificilmente chorava, só que dessa vez não suportou. Ainda conseguiu se esconder para que ninguém, nem mesmo os professores, o visse derramando aquelas lágrimas doloridas. Queria fugir do planeta, mas como?

Na escola, os alunos aprendiam matemática, física, química, contudo não aprendiam a cuidar da saúde emocional uns dos outros. Não sabiam que a memória é o jardim da emoção: quem destrói esse jardim destrói também as suas flores.

2

O chamamento de Carol e o deboche dos amigos

A escola de Cacá era imensa, tinha mais de dois mil alunos. No final do recreio, Cacá encontrou a sua irmã gêmea, Carol, que estudava em outra classe. Eles discutiam tanto um com o outro que seus pais pediram que estudassem em classes diferentes. Mas, no fundo, Cacá e Carol se amavam. Percebendo que o irmão estava estranho, a garota perguntou:

– Você está triste?

Ele balançou a cabeça em sinal afirmativo. E, antes que pudesse contar qualquer coisa a Carol, apareceram dois garotos imitando sons de sapo – bem alto, para todo mundo ao redor ouvir:

– Croac, croac!

Esses meninos tinham quinze anos, porém eram imaturos. A sua idade emocional não passava de dez. Pareciam fortes, mas eram frágeis por dentro. Não respeitavam os diferentes. Depois de debocharem de Cacá, ainda tiveram a coragem de dizer:

– Tonto! Louco!

Carol, uma garota de longos cabelos cacheados, destemida e irritadiça, apesar de viver em pé de guerra com o irmão, saía em defesa dele quando o via em dificuldade. E ele fazia o mesmo por ela.

– Saiam daqui, seus selvagens! – disse Carol aos garotos que perturbavam Cacá.

– Olha só, ele precisa de uma menina para defendê-lo? – os dois meninos debocharam e saíram às gargalhadas.

– O que aconteceu? – Carol perguntou novamente; ela não tinha entendido nada.

Cacá, inibido, contou tudo:

– Eu vi um sapo.

– Nossa! Eu tenho horror a sapos. Mas e daí?

– E ele correu, ou melhor, pulou na minha direção. Parecia estar me seguindo.

– Mas o que há de tão terrível nisso?

– Bem, é que...

– O quê?

– O sapo... falou comigo – disse Cacá, perturbado.

Carol levou as mãos à boca, tentando segurar o riso. Em seguida, conseguiu dizer:

– Você está de brincadeira, Cacá? E o que ele disse?

– Que eu fui... escolhido.

Foi demais para Carol, que caiu na risada. Constrangido, Cacá falou:

– Até você, Carol? Sua chata!

– Espere um pouco. Escolhido para quê?

– Para uma... uma grande missão.

– Missão, você? Só se for para dormir até o meio-dia!

Cacá ficou magoado com a irmã.

– Já zombei de alguns colegas e nunca pensei quanto isso podia machucá-los. Dessa vez, eu é que fui feito de palhaço.

Após dizer essas palavras, Cacá enxugou as lágrimas e deu as costas para Carol. Ela só teve tempo de gritar:

– Depois da aula, a gente conversa!

Então, Carol retornou à sua sala.

Carol sempre fora uma excelente aluna, mas, depois que ganhara um *smartphone*, ficara viciada no aparelho e completamente distraída.

A professora Cássia, assim como o professor de biologia, suplicava aos alunos que prestassem atenção, mas a cabeça deles estava longe.

Carol estava aborrecida porque suas amigas não haviam curtido a sua última mensagem na rede social.

– Falsas. Não vou curtir as mensagens delas também! – ela falou baixinho para si mesma.

De repente, um grilo entrou na sala e, esfregando as asas uma na outra, começou a "cantar":

– Cri! Cri! Cri!

Seu "canto" foi tão alto que chamou a atenção de todos. Carol foi a que mais se espantou, porque o inseto estava debaixo da sua carteira. E ela se assustou mais ainda quando um colega brincou:

– Ele vai pular em você, Carol!

Como tinha medo de inseto, a garota afastou rapidamente a carteira com os pés e tentou localizar o bicho.

– Se pular em mim, eu grito! – falou.

Bastou ela dizer isso para o enorme grilo saltar no seu colo.

– Socorro! – bradou Carol, quase congelada. Parecia que ia desmaiar.

O medo é contagioso. Quando alguém está assustado, facilmente causa pânico nos demais. Alguns de seus colegas saíram correndo sem saber direito por quê. Assim como ocorrera na turma de Cacá, foi uma algazarra. Carol estava prestes a dar uma cadernada no inseto, quando ouviu uma voz que a congelou:

– Fique calma, Carol. Você foi escolhida – disse o grilo.

– O quê?! – perguntou ela, esfregando a mão esquerda nos olhos. Só podia estar sonhando.

– Você foi escolhida, Carol – o grilo repetiu.

– Eu? Escolhida?

– Sim, para uma grande missão no lugar mais misterioso da Terra.

Carol ficou sem voz. Lembrou-se de Cacá. Parecia que estavam num filme; ela só não sabia se de terror ou de ação. Como todos ao seu lado tinham saído correndo, desesperados, só ela escutara o grilo, que, em seguida, saltou em direção à porta. Era hora de partir. Ele sabia que muitos humanos maltratavam os animais.

Mais uma vez, os funcionários da escola, bem como alguns colegas de Carol, agiram como assassinos. Transformaram o cantor das madrugadas em um monstro a ser exterminado. Conforme o grilo se afastava, uns tentaram pisoteá-lo, outros atiravam o que tinham nas mãos. Preocupada em salvar o animal, Carol gritou com toda a força:

– Não matem esse grilo! Não o matem!

Todo mundo se espantou com a sua atitude.

– Você quase morreu de susto, menina. Por que quer poupá-lo? – perguntaram.

– Porque ele é... falante! – disse Carol, um tanto temerosa.

Imediatamente ela lembrou do irmão e tapou a boca. Mas era tarde. Assim como zombaram de Cacá, não a poupariam.

– Um grilo falante? Você está maluca! – disse um dos alunos, Gabriel.

– Gente, olha a doida da classe! – falou Lúcia, uma garota com quem Carol tinha brigado havia um tempo.

– Repete que eu sou doida, e eu te meto a mão! – Carol tentou se defender.

Suas colegas viraram as costas e soltaram risinhos de deboche. Carol estava tão brava que parecia prestes a soltar faíscas pela boca. O que mais a incomodava, no entanto, era pensar no que o inseto tinha dito. Era a mesma mensagem que Cacá recebera.

Na saída, Carol foi direto procurar o irmão e contou a ele o que havia acontecido.

– Um grilo falante? Você está zombando de mim outra vez, Carol? – Cacá falou.

– Nunca falei tão sério, Cacá. Mas animais não falam. Será que não estamos mesmo ficando malucos?

– O que significa ser escolhido? Parece uma mensagem secreta da natureza... Mas somos tão desligados de tudo – falou Cacá.

Eles passaram o resto do dia fora de órbita, pensando nesses acontecimentos. No dia seguinte, na escola, a gozação continuou. Logo na entrada, os dois foram o centro das atenções.

– Croac, croac! – caçoavam uns.

– Cri-cri-cri! – diziam outros.

– Eu não aguento ser zombado! Vou partir para a ignorância – Cacá falou.

– Não, Cacá, vamos fazer o seguinte: não vamos contar para mais ninguém o que ocorreu – disse Carol, enxugando as lágrimas que teimaram em cair.

– Isso! Vamos inverter o jogo. Vamos zoar, dizer que combinamos tudo, que fizemos uma brincadeira com a escola toda – sugeriu Cacá.

A ideia deu certo. Os dois deixaram de ser o alvo dos agressores, e o "circo" foi diminuindo. Ainda assim, volta e meia, os irmãos eram zombados.

3

Dois jovens ansiosos: uma vida sem tempero

Eu sou o narrador desta história. Meu nome é Marco Polo e sou avô de Cacá e Carol. Sou psiquiatra; trato a mente humana e também pesquiso o mundo da emoção.

Estava me preparando para mais uma viagem internacional quando minha secretária me ligou:

– Doutor Marco Polo, o seu voo foi cancelado. E não há mais voos para hoje. Tentarei para amanhã à noite.

Preocupado, eu disse a ela:

– Mas eu tenho de me apresentar num congresso nos Estados Unidos amanhã à tarde! – Então, procurei ter autocontrole. – Desculpe... Bem, o que posso fazer? Afinal de contas, eu não controlo muitas coisas, nem as batidas do meu coração, nem as turbinas de um avião. Só me resta esperar e relaxar.

Pedi à minha secretária que enviasse um *e-mail* aos organizadores do evento explicando minha ausência. E, em vez de ficar ansioso, procurei fazer coisas mais interessantes, e peguei um livro para ler. Era o início de uma noite quente; as estrelas pontilhavam o céu, os ventos estavam quietos, as folhas das árvores não se moviam.

De repente, recebi outra ligação.

– Alô, papai.

Era o meu filho, Lucas. Pelo timbre da sua voz, percebi que tinha me ligado para falar de problemas.

– Lucas? Que bom falar com você, filho. Aconteceu alguma coisa?

– Pai, sei que você é muito ocupado, viaja muito, trata de seus pacientes, escreve livros e dá muitas palestras, mas não tem passado muito tempo com seus netos...

– Você tem razão – reconheci. – Mas o que está acontecendo, filho?

– Estamos perdendo o controle do Cacá e da Carol. Eles são muito inteligentes, mas também muito, mas muito ansiosos, querem tudo na hora. Ultimamente, qualquer coisa os estressa. Eles só querem saber de ganhar presentes e sempre reclamam quando cobramos alguma contrapartida.

– Educar é uma das tarefas mais difíceis da atualidade. Eles estão convivendo bem um com o outro?

– Parece que você não conhece seus netos. Eles brigam como cão e gato.

– Eles usam muito celular, estão sempre nas redes sociais, jogando algum *game*?

– Muito, muito... Às vezes estamos todos num restaurante, e, em vez de conversarem, eles ficam trocando mensagens. Olhe, papai, já tentamos de tudo. Mas eles não mudam. Por favor, você precisa nos ajudar. Será que precisamos tentar terapia?

– Bom, filho, a terapia é indicada quando há conflito. Mas me parece que o que está gerando essa ansiedade nos seus filhos é o estilo de vida deles. Se não mudarem agora, a ansiedade vai continuar sendo alimentada.

– Você tem escrito sobre o desenvolvimento da inteligência, sobre autocontrole, sobre proteção da emoção. Enquanto isso, os seus netos andam tão estressados que estão ouvindo sapos e grilos falar.

– O quê? E o que eles disseram?

– Os meninos?

– Não, os bichos!

– Papai, não vai me dizer que você acredita mesmo que esses animais falaram com eles?

– Não... Eu só quero saber como anda a imaginação dos dois.

– Ah, bom. Mas eles não quiseram me contar direito. Disseram apenas que foram escolhidos.

– Escolhidos pra quê? Quando foi isso?

– Na semana passada.

Percebi que Lucas achou que eu também estava ficando meio lelé; por isso, procurei tranquilizá-lo:

– Garotos dessa idade são muito imaginativos. Mas vou te dar uma grande notícia. Acabaram de me ligar para avisar que o meu voo foi cancelado. Estou livre esta noite. Talvez eu possa dar uma passada aí para conversar com os meninos. O que você acha?

– Seria ótimo, papai. Te esperamos aqui.

Uma hora depois, toquei a campainha do apartamento de Lucas. Fui recebido com alegria por ele e sua esposa, Laura. Não demorou para Cacá e Carol aparecerem e me abraçarem, mas não com o entusiasmo que eu esperava.

– Oi, vovô.

Logo em seguida, os dois voltaram às suas atividades. Cacá se sentou em frente ao *videogame*, enquanto Carol começou a digitar no celular. Percebi que eu estava mais distante dos meus netos do que imaginava. Eu conquistava muitas pessoas por onde passava, mas estava perdendo a minha família.

– Tudo bem? – insisti, aproximando-me de Lucas.

– Tudo – ele respondeu, sem me olhar.

– Cacá e Carol, larguem o que estão fazendo e deem atenção ao seu avô. Sejam educados! – repreendeu Lucas.

– Acalme-se, filho. O amor não surge pela pressão. Eu sou o responsável por essa distância com eles.

– Não se culpe, papai.

– Não é uma questão de me culpar, mas de assumir os meus erros. Estudo tanto a mente humana e estou falhando justamente em conquistar meus netos. Se eu estou falhando, imagine a maioria dos pais...

Laura, que não ouvira nossa conversa, olhou para os filhos e, sem aguentar a indiferença deles, deu outra bronca:

– Larguem isso agora!

– Ah, tá bom! Que droga – resmungaram Carol e Cacá, dirigindo-se ao sofá, de cara amarrada.

Olhei bem nos olhos deles e refleti: "Como eles cresceram! E eu não percebi isso".

– Deixem-nos a sós – pedi a Lucas e Laura.

Senti que, na vida dos meus netos, faltavam tempero, aventura, imaginação, inventividade, sonhos. Faltava que a minha história se misturasse com a deles. Assim que Lucas e Laura saíram, perguntei a Cacá e Carol:

– É verdade que um sapo e um grilo falaram com vocês?

Os meninos se entreolharam, assustados. Cacá disse baixinho para Carol:

– Papai nos entregou.

Tentando disfarçar, Carol comentou:

– Foi tudo brincadeira, vovô. Nós inventamos essa história.

Senti que eles não queriam falar a verdade por receio de serem criticados. Possivelmente, estavam traumatizados pelos colegas de escola.

– Digam a verdade: por acaso, os animais disseram que vocês foram escolhidos? – perguntei.

Os irmãos voltaram a olhar um para o outro, preocupados com a minha pergunta. Em seguida, franziram a testa e negaram com a cabeça.

– Vovô, você dá muitas palestras, conversa com muitas pessoas, mas não tem tempo pra gente. Por que esse papo agora? – falou Cacá.

A honestidade de Cacá me tocou profundamente. Éramos como estranhos. Por isso, resolvi falar não como o dr. Marco Polo, o psiquiatra, e sim como eu mesmo, o avô que eles só conheciam superficialmente.

– Você tem razão, Cacá. Gostaria que vocês me conhecessem um pouco mais. Eu já chorei, tive medos, passei por dificuldades... E, em alguns momentos, senti que ninguém me compreendia.

– É verdade, vovô? Os psiquiatras parecem tão seguros. Não sabia que eles também sofrem – comentou Carol.

– Claro que sofremos! Somos seres humanos. E, como seres humanos, temos nossos segredos e nossos conflitos e precisamos conversar sobre eles para resolvê-los.

– Mas você nunca contou um segredo pra mim e pra Carol! – disse Cacá.

– Então, vou contar um dos grandes segredos da minha vida.

– Qual? – perguntou Carol, interessada.

– Há muitos anos eu também recebi um estranho chamado.

– Um estranho chamado? – os dois perguntaram ao mesmo tempo, um tanto desconfiados.

– Sim. Vocês sabem que eu amo a natureza. Certa vez, estava observando as árvores, quando, de repente, um macaco desceu pelos galhos e se aproximou de mim.

– E depois? – eles indagaram.

– Ele disse: "Doutor Marco Polo, você foi escolhido".

Cacá franziu a testa e, virando-se para Carol, sussurrou:

– O vovô está mais maluco do que nós!

Os dois deram risada. Achei ótimo que tivessem cochichado. Senti que eu estava começando a cativá-los.

Foi então que contei a eles sobre a mais incrível floresta, um dos mais misteriosos lugares da Terra: a Floresta Viva. Aí, eles endoidaram de vez...

– Não é possível, vovô! Você está brincando com a gente. Não existe uma floresta com animais falantes! – contestou fortemente Cacá.

– Eles não apenas falam, como são bem inteligentes – afirmei.

– Desconfio que o vovô está querendo fazer terapia conosco. Não caio nessa – soprou Carol para Cacá.

– Nem eu. Mas, pelo menos, ele não é tão chato quanto eu pensava – disse Cacá.

Nessa hora, saquei meu celular e mostrei o vídeo de um macaco falando comigo. Eles quase desmaiaram de espanto.

– Que incrível! Conte mais sobre essa floresta! – pediu Carol, supercuriosa.

– É um paraíso perdido? – indagou Cacá.

– Sim. É um paraíso perdido da humanidade, como o Jardim do Éden, ou Atlântida. Mas eu só conto mais se vocês me disserem o que aconteceu na escola.

E assim eu os peguei. Eles se sentiram seguros para me relatar toda a história. Depois que me contaram tudo, Carol acrescentou:

– Não apenas disseram que fomos escolhidos, como também que temos uma grande missão num lugar incrível.

– Mas, para ser sincero, vovô, acho que nossa missão é dormir até mais tarde e falar no celular – desconversou Cacá, que, no fundo, sabia não ser um valente. Ele se sentia mais um anti-herói.

Cocei a cabeça e comecei a viajar pelo meu passado. Distraído, pensei em voz alta:

– Eu sabia que, um dia, isso ia acontecer.

– Sabia que ia acontecer o quê? – perguntou Carol, esperta.

– Que alguns jovens seriam escolhidos para conhecer o maior segredo da... Bem, para ser treinados como guardiões... – eu disse.

Eu já tinha lhes contado muita coisa, mas não podia contar tudo. Estava preocupado. Apesar de a Floresta Viva ser um dos lugares mais encantadores da Terra, era também um dos mais perigosos.

– Guardiões do quê, vovô? – indagou Cacá. – Não temos nenhuma qualificação. Eu sou irritado, a Carol é ansiosa. Eu tenho dificuldade de me concentrar na aula, a Carol também é agitada. Eu não ligo para animais; gosto mesmo é de *videogame*. E a Carol só se interessa pelo que rola nas redes sociais. Por que escolheriam a gente?

Eu pensei, pensei e respondi:

– Sinceramente, não sei. Só sei que vocês representam meninos e meninas de todos os povos, conectados com o mundo digital, mas desconectados do lugar de onde saímos, a natureza. Também sei que ninguém é escolhido para uma grande missão por ser perfeito, e sim por reconhecer as próprias imperfeições. Talvez seja esse o pensamento do Guardião da Floresta Viva.

– Mas quem é esse Guardião, vovô? – perguntou Cacá, intrigado.

– Se eu lhes contasse, vocês não acreditariam. Vamos passo a passo.

– Você está nos matando de curiosidade, vovô. Por que não nos leva até essa floresta? – pediu Carol, com insistência.

– Quem sabe um dia... Mas só poderei levá-los se aprenderem a trabalhar em equipe, a proteger um ao outro e se pararem com picuinhas, porque lá tem... Isso também só poderei falar depois. Ah, outra coisa importante: vocês só poderão pisar nesse paraíso perdido se estiverem dispostos a... enfrentar seus medos.

– Por que temos de enfrentar nossos medos? – perguntou Carol, curiosa.

Respirei profundamente e então falei sobre o primeiro problema que teriam de enfrentar:

– A Floresta Viva é mais mágica que o mundo de Harry Potter e mais bela que o País das Maravilhas de Alice, mas ela tem muitos perigos e não poucas armadilhas.

– Como assim? Onde ela fica? – indagou Cacá, os olhos arregalados.

– Encravada no coração da maior e mais misteriosa floresta do mundo: a Floresta Amazônica.

– No centro da Floresta Amazônica? Que massa! – vibrou Carol.

– Então é impossível chegar lá – afirmou Cacá.

– Não! É possível encontrá-la, mas é uma jornada dificílima e arriscada. No caminho até lá é preciso enfrentar os vales das onças, das cobras, das piranhas, das aranhas...

– Caraca! Tenho pavor de aranha – admitiu Cacá.

– E eu de cobra – falou Carol.

Os dois irmãos se agarraram um no outro, com medo.

– Querem desistir? – provoquei.

– Não somos muito corajosos, mas, se você for junto, queremos ir. O problema é que nossos pais não vão deixar – disse Carol.

– É provável – concordei. – Mas tenham a certeza de que, se vocês forem, nunca mais serão os mesmos.

E assim eu, que era um avô distante, comecei a conquistar os meninos. Cacá e Carol só apertavam botões e teclavam aparelhos, contudo eu agora via seus olhos brilhar. Senti que algo despertara dentro deles, algo que está apagado não só na grande maioria das crianças e adolescentes, como também nos adultos: o desejo de ser um explorador, o sonho de pesquisar, a garra para descobrir os mistérios da vida! E a Floresta Amazônica e a Floresta Viva tinham muitíssimos mistérios.

Eles me deram um abraço carinhoso, como eu nunca tinha recebido. Carol me deu um beijo no rosto. Eu estava feliz por eles, mas, ao mesmo tempo, preocupado com a possibilidade de levá-los a esse lugar superbelo, supersecreto – e superperigoso.

4

Conhecer um personagem que abandonamos

Os meninos não paravam de falar sobre a Floresta Viva. Eles me enviavam mensagens diariamente perguntando quando viajaríamos. Pedi que tivessem paciência. Mas nada os acalmava.

Quinze dias depois de nossa conversa, procurei Lucas e Laura e contei o que estava ocorrendo. Falei sobre a mais enigmática das florestas. Lucas esfregava as mãos, atordoado. Laura escreveu um bilhete e o mostrou discretamente ao marido – porém não tão discretamente a ponto de eu não notar. Dizia: "Seu pai está ficando perturbado!". De fato, ambos pensavam que eu, Cacá e Carol tínhamos passado para o time dos malucos.

– Nunca ouvi falar sobre essa floresta. Poderia explicar melhor? – pediu Laura, confusa.

Depois de outras explicações, deixei-a mais confusa ainda. E, para tentar convencê-los, mostrei-lhes o vídeo do macaco.

– Olá, doutor Marco Polo – dizia o animal. – Os humanos construíram cidades, e elas se tornaram fontes de pessoas ansiosas, com mente agitada e pensamento acelerado. Todo mundo sofre pelo que não aconteceu. Venha conhecer a Floresta Viva!

Lucas e Laura quase caíram de costas. Laura indagou:

– É uma montagem, senhor Marco Polo. Como esse animal pôde dizer isso?

Subitamente, Lucas começou a ficar animado e, para minha surpresa, disse:

– Eu é que deveria fazer uma viagem dessas, pai! Vivo uma rotina massacrante, tudo me estressa. Sofro pelo futuro e não aguento mais falar ao celular. Gostaria de conhecer essa tal Floresta Viva.

– Mas somente os escolhidos pelos Guardiões podem entrar na mais misteriosa das florestas – comentei.

– E como você a conheceu?

– Veja o vídeo: eu fui convidado. Cacá e Carol também. Essa viagem pode ajudá-los a aprender a administrar a ansiedade e mudar o estilo de vida. No entanto, preciso lhes dizer que a floresta guarda muitos perigos.

Os pais se olharam. Por alguns momentos, ficaram em dúvida. Mas como tinham perdido o controle sobre os filhos e me respeitavam muito, por fim permitiram.

– OK, pai – disse Lucas.

– Cuidarei de Carol e de Cacá não apenas como avô, mas como o mais dedicado dos professores.

Quando os meninos ficaram sabendo que seus pais tinham permitido que viajassem, deram pulos e mais pulos de alegria. Carol se agarrou no meu pescoço.

– Vovô, você é demais!

– Mas essa incrível viagem, como tudo o que é importante na vida, precisa de planejamento – eu disse. – E vocês têm de começar por uma boa alimentação. Precisam diminuir os alimentos industrializados e começar a comer frutas e verduras.

– Eu não gosto de fruta – disse Carol.

– E eu detesto verdura! – afirmou Cacá.

– Se quiserem viver essa aventura, não poderão ter frescura e precisarão ser fortes. Para isso, terão de fazer três tipos de treino.

– Treino? – perguntou Carol, que era bem preguiçosa.

– Sim. Primeiro, terão de treinar o paladar fazendo uma alimentação saudável, como eu disse. Segundo, terão de treinar os músculos praticando exercícios de três a quatro vezes por semana.

– Xiii! Não me dou bem com esporte... – reclamou Carol.

– E terceiro, terão de treinar a mente para lidar com frustrações e dificuldades. Esse terceiro treinamento, nós faremos juntos durante a viagem.

– Por que tantos treinamentos? – questionou Carol, resistente.

– Para que vocês sejam capazes de fugir de alguns bichinhos...

– Bichinhos...? – indagou Cacá.

– Sim, umas oncinhas de uns cem quilos, uns jacarezinhos de cinco metros e umas sucuris de uns dez metros.

– Você só pode estar brincando, vovô! – disse Cacá, tenso.

– Acalmem-se, meninos. O que quero dizer é que temos de estar preparados para o que der e vier! – afirmei.

Um mês depois, as férias escolares finalmente chegaram. Avisei Lucas e Laura que faria uma grande surpresa aos meninos no último dia de aula. Peguei o carro e saí por uma imensa avenida. Dirigia feliz da vida. Não quis ligar o ar-condicionado; abri o vidro e senti o vento nos cabelos. "Ah, que sensação de liberdade!", pensei. Lembrei-me da Floresta Viva. De repente, caí na real. Os demais carros faziam muito barulho, os motoristas buzinavam, agitados.

– Comprou a carteira de motorista, seu barbeiro? – gritavam alguns, estressados.

Como eu estava dirigindo lentamente, um motorista, querendo me ultrapassar, bradou:

– Saia da frente, sua tartaruga!

Segui a minha viagem e, trinta minutos depois, cheguei ao meu destino: a escola de Cacá e Carol. Esperei meus netos na saída, do outro lado da rua. Mas logo me entristeci por eles e pelos outros jovens que via. Pareciam robôs. Todos estavam plugados no mundo digital. Ninguém conversava.

Então, avistei o meu neto. Animado, chamei:

– Cacá! Cacá!

Mas ele nem me ouviu. De cabeça baixa, escrevia uma mensagem no celular.

Em seguida, vi Carol.

– Carol! Ei, Carol! Sou eu, o vovô!

Ela também não me ouviu, entretida com seu *tablet*.

– Cacá! Carol! Cuidado com o carro!

Um carro freou a centímetros deles. Os dois levaram um susto. Olharam para a frente e só então me viram.

– Vovô! Por que você não nos chamou? – disse Cacá.

– Quase perdi a voz de tanto gritar o nome de vocês, mas vocês estavam tão distraídos que não me ouviram.

– O que você está fazendo aqui? – perguntou Carol.

– Chegou o grande momento.

– A viagem para a Floresta Viva? – eles perguntaram ao mesmo tempo.

– Exatamente! Partiremos amanhã bem cedo. Arrumem as mochilas!

– Que massa! – disse Cacá. – Posso levar meu celular?

– Sinto muito, mas nessa viagem não. Mesmo porque, no lugar para onde vamos, não há sinal.

– Não vivo sem o meu celular, vovô. Outro dia, ele deu pau e eu quase fiquei doido – reclamou o garoto.

– Cacá, dê uma oportunidade a si mesmo de viver experiências novas, aventuras borbulhantes.

– Como vou ficar sem falar com minhas amigas no Facebook e no WhatsApp? – indagou Carol.

– Carol, você conhece e fala com muita gente, mas precisa entrar em contato com uma pessoa muito mais importante. Alguém que você tem abandonado.

– Quem? – perguntou a garota, curiosa.

– Você mesma!

– Como assim, vô? Eu me conheço muito bem...

– A grande maioria das pessoas não conhece quase nada de si. A personalidade é como uma grande casa, e muitos conhecem apenas a sala de visitas.

– Nunca pensei nisso – disse ela, contemplativa.

Em casa, Carol, sempre estressada, não sabia o que escolher para levar na bagagem. Pegava roupas e mais roupas no armário. Colocava uma na mochila, tirava outra. Teve um ataque de nervos.

– Ah! Não dá! Não sei o que levar!

– Filha, você não vai para um baile – falou Laura, tentando ajudá-la. – Você vai para uma floresta. Leve roupas confortáveis e simples.

Cacá, por outro lado, era o oposto. Impaciente e desorganizado, enfiou tudo na mochila.

– Filho, seja mais cuidadoso – comentou Lucas. – Arrume melhor para caberem mais coisas. Quem come rápido come cru. Espero que essa viagem o ajude a ser mais controlado!

Os meninos nunca imaginaram que fariam duas grandiosas viagens: uma para um vale perdido na Floresta Amazônica e outra para os vales secretos da "floresta" da sua mente – o fantástico mundo da emoção.

5

Turbulências na grande viagem

Logo que chegamos ao aeroporto, comecei a explicar aos meus netos que, devido aos riscos e às ameaças que enfrentaríamos, eles teriam de ser disciplinados, obedecer a certas regras e aprender a ser um time.

– Ser individualista, pensar somente em si, prejudica o trabalho em equipe e pode nos expor a grandes perigos.

– Você está falando sério, vovô? Existem mesmo coisas tão ameaçadoras lá? – questionou Cacá.

Eu disse:

– Existem, mas espero não encontrá-las…

– Já estou sentindo um frio na barriga – falou Carol.

– É difícil chegar lá? – indagou Cacá, ansioso.

– O lugar para onde vamos é muito difícil de chegar. Poucos homens pisaram naquele solo. Depois do avião, viajaremos por horas de barco e depois...

– De barco na Amazônia? Que legal! – exclamou o menino.

– E aí… Bem, o resto, eu contarei quando estivermos chegando…

– Vovô, você é cheio de mistérios – disse minha neta.

– A vida é cheia de mistérios, Carol.

– Será que não vai ser chato sem internet? – ela perguntou.

– Chato, menina? Você não imagina o que os aguarda. Vocês ficarão arrepiados de tanta emoção. Conhecerão um mundo tão fascinante que a internet e os *videogames* se tornarão brinquedos de segunda categoria.

– Mal posso esperar! – disse Cacá.

– Eu também – disse a irmã, roendo as unhas.

Enfim pegamos o avião. Logo que sentamos em nossas poltronas, comentei que éramos uma família e que, numa família, não pode haver mentiras nem segredos.

– Durante toda a viagem, falem o que está no coração de vocês.

– Nem sempre sou verdadeira com meus pais. Nem no Face – reconheceu Carol.

– Você não deve se abrir com quem não conhece ou não confia, mas nunca se esconda de quem ama. Dificuldades não reveladas se transformam em fantasmas. – E lhes dei um exemplo: – Há muitos casos de crianças e jovens que sofrem *bullying* e que, por se calarem, adoecem.

– É, nós não contamos para o papai e a mamãe que fomos ofendidos. Ficamos mordidos de raiva. Ainda bem que você nos ajudou – disse Carol, pegando em minhas mãos.

– Você chorou?

– Três vezes...

Tive vontade de falar muitas coisas sobre como proteger a emoção, porém não era o momento. Percebi que, mais do que de minhas palavras, Carol e Cacá precisavam do meu amor. Abracei-os carinhosamente. E a viagem seguiu tranquila – até uma hora antes do horário previsto para a aterrissagem, quando houve uma "turbulência de céu claro". O avião chacoalhava tanto que os passageiros ficaram apreensivos. Carol, aprendendo a falar o que estava em seu coração, comentou:

– Estou com medo, vovô. O avião vai cair!

– Acalme-se, querida. Avião é o meio de transporte mais seguro que existe. Feche os olhos e lute contra os pensamentos negativos. Critique-os.

Ela relaxou um pouco. Enquanto isso, a poucos assentos de nós, uma criança de mais ou menos quatro anos se divertia com os solavancos da aeronave. Cada vez que o avião balançava como um trator em terra arada, ela dizia:

– Pula mais, avião!

Então dava risada. Já os demais passageiros estavam mudos, congelados pela tensão, segurando-se na poltrona.

Depois de alguns minutos, a turbulência passou. A criança não gostou e gritou:

– Pula mais, avião! Pula mais, avião!

Uma criança é sempre divertida, mas, dessa vez, muitos passageiros se irritaram com ela. Cacá também.

– Tenho vontade de tapar a boca dessa criança.

Nessa hora, voltei-me para ele e o levei a pensar.

– Cacá, quem agiu mais corretamente na turbulência, a criança ou você?

Ele pensou, pensou e admitiu:

– Acho que ela.

– Não havia nada que pudéssemos fazer para evitar os solavancos. E ela se divertiu. Lembre sempre que, na vida de qualquer ser humano, há muitas turbulências. Se você der as costas para elas, elas o derrubarão; se enfrentá-las, você assumirá o controle e logo encontrará a calmaria.

– O avião voa tranquilamente – disse Cacá. E, viajando para dentro de si, falou com sinceridade: – Eu sou muito ansioso. Quero resolver tudo rápido, para ontem. Por que sou assim?

– Há muitas respostas. Uma delas é esta: você faz parte da geração outside.

– Geração outside? Como assim? – perguntou Carol.

– Na língua inglesa, *out* quer dizer "fora", e *side*, "lado". A sua geração vive do "lado de fora" da própria mente. Eu construí esse termo para explicar que a sua geração é superestimulada por coisas que estão fora de vocês; é por isso que vocês não se interiorizam, não mergulham dentro de si mesmos.

– É a geração do celular e dos *videogames*? – perguntou Cacá.

– Correto.

– É a geração que quer comprar tudo o que vê pela frente? – Carol indagou.

– Sim, Carol.

– Você me pegou, vovô. Eu sou dessa tal geração. Tenho dez bolsas e não posso ir ao *shopping*, que sempre peço mais uma para a mamãe.

– Carol, é possível ter uma simples bolsa e ser mais feliz do que quem tem dez. Basta cuidar do conteúdo da mais importante de todas as bolsas, o coração. E você, Cacá, é consumista?

– Eu sou viciado em tênis. Esqueço que estou crescendo e que, em pouco tempo, eles deixam de servir – disse Cacá, coçando a cabeça.

– Também, você tem um pezinho... – caçoou a irmã.

– E você tem um narizinho! – Cacá falou.

– Seu chato! – disse ela, aborrecida.

– Vocês são incríveis. Num momento, estão em paz; no seguinte, estão guerreando. Pense antes de reagir, Cacá. Não fica bem falar assim da sua irmã – eu disse.

– Você não viu, vovô? Foi ela que começou.

– Eu sei. Falar do tamanho do pé de um menino é inadequado, mas falar do nariz de uma mulher machuca muito. Coloque-se no lugar dela.

Ele pensou, resmungou, porém acabou concordando:

– É... Não fui legal. Fui estúpido com você, Carol, desculpe.

– Tudo bem, eu também não fui legal com você – ela disse, tocada com o gesto do irmão. Carol nunca o tinha ouvido pedir desculpas.

– A geração outside é especialista em apontar os defeitos do outro, mas não os próprios.

– Infelizmente, nós brigamos quase todos os dias – admitiu Cacá.

– Todas as horas – disse Carol, mais sincera.

– Vocês estão alimentando um vampiro – afirmei.

– Vampiro? Vampiro é coisa de filme... – disse Carol.

– Não, estou falando de um vampiro bem vivo, o vampiro chamado Bateu-Levou. Ele suga não o sangue, mas a tranquilidade, e assim nos adoece.

– Então estou enrolado. Eu nunca levo desaforo pra casa – afirmou Cacá, que, em seguida, teve coragem de dizer: – Carol, fui um tolo em te ofender.

– Eu também erro com você, meu irmão. Tomo posse do que é seu como se fosse meu.

– É assim que se treinam mentes brilhantes. Vocês estão frequentando a Escola da Inteligência – comentei.

– Mas estamos em um avião, não em uma escola – disse Cacá.

– A Escola da Inteligência existe em qualquer lugar, desde que abramos a nossa mente para aprender a pensar. Ela começou na Floresta Viva, mas o professor Corujão sonha que se espalhe por todo o mundo: cada povo, cada cidade, cada rua.

– Quem é o professor Corujão? Outro mistério? – perguntou Cacá.

– Sim, outro grande mistério. Mas tenham paciência; cedo ou tarde, o professor Corujão os encontrará. Quem sabe vocês não têm o privilégio de conhecer a surpreendente Turma da Floresta Viva?

– Professor Corujão? Turma da Floresta Viva?

De repente, antes que eu pudesse falar mais alguma coisa, ouvimos a voz do piloto no alto-falante:

– Atenção, senhoras e senhores, começamos o procedimento de descida!

O avião saiu de dez mil metros de altitude e começou a se aproximar da belíssima cidade de Manaus. Em quinze minutos, aterrissaríamos. Cacá e Carol olharam pela janela e divisaram o segundo maior rio do mundo em extensão e o primeiro em volume de água. O rio ziguezagueava pela floresta como uma serpente. Era uma imagem que encantava os olhos.

– O rio Amazonas é muito mais belo do que nos livros! – expressou Carol alegremente.

– Estou sem palavras – comentou Cacá. – A Floresta Amazônica é nossa, vovô?

– Ela se estende por nove países, mas sessenta por cento estão no Brasil. É um patrimônio da humanidade. Muitos creem que a Floresta Amazônica é o pulmão do mundo, mas alguns cientistas dizem que ela opera em equilíbrio, ou seja, consome todo o oxigênio que produz.

Cacá e Carol estavam impressionados com a paisagem. Começaram a perceber que pisar na Floresta Amazônica era como pisar num solo sagrado.

6

O maravilhoso rio Amazonas

Aterrissamos em Manaus. Foi um pouso tranquilo. Já fora do avião, procurei me alongar e relaxar os músculos das pernas. Sabia que, após cruzarmos o rio de barco, ainda teríamos uma boa caminhada pela frente, floresta adentro. Não contei essa parte a Cacá e Carol, claro, pois sabia que os jovens de hoje não gostam muito de usar o velho instrumento de locomoção humana: as próprias pernas.

De repente, olhei para Cacá e o percebi inquieto.

– Abra-se comigo, Cacá. Lembre que somos uma família – falei.

– Você não vai ficar chateado, vovô?

– Prometo que não.

– Estou sentindo saudades.

– Ah, dos seus pais?

– Não, dos *videogames*.

– E eu, do celular – admitiu Carol.

– Já? – indaguei. – Pensei que diriam que estavam com saudade dos seus pais.

– Ainda não deu tempo. Estou sentindo um vazio… – disse Cacá.

Fiquei preocupado.

– Para espantar esse vazio e aliviar a ansiedade, vamos dar um giro pela cidade de Manaus antes de partirmos para a floresta. Que tal tomarmos um suco ou um sorvete?

– Oba! – disseram os dois.

Não tínhamos muito tempo; tudo estava programado. E caminhar pela floresta à noite era bastante perigoso. Levei-os para conhecer rapidamente uma feira regional, e eles ficaram encantados com os produtos locais, principalmente com os peixes do rio Amazonas.

– Quantos peixes! Que riqueza tem o Brasil, né, vovô? – comentou Cacá.

– Na Amazônia há um Brasil que o Brasil e o mundo todo desconhecem – afirmou Carol com inteligência.

– Parabéns, querida! – falei. – Vocês são privilegiados por pisarem nesta terra. E mais privilegiados ainda por terem a chance de conhecer o coração da gigantesca Floresta Amazônica.

Como estava muito quente, resolvemos tomar um suco.

– Vocês vão experimentar o suco de cupuaçu – eu disse.

– Suco do quê? – perguntou Carol, com cara de quem não tinha gostado da ideia.

– Cupuaçu, uma fruta da Amazônia.

– Só gosto de refrigerante.

– Carol, uma exploradora não deve ter dificuldade de experimentar a culinária regional, os sucos e as comidas típicas do local.

A menina ficou indecisa, mas seu irmão não hesitou:

– Eu topo.

Vendo-o animado, Carol também se arriscou a tomar o suco, que a deixou surpresa.

– Que gostoso! É o melhor suco que já tomei. Muito melhor que refrigerante.

– Tá vendo? Você foi uma grande exploradora. Agora, experimente esses bombons de cupuaçu – falei.

– Gente! Que sabor incrível! É azedinho – expressou Cacá.

– A polpa dessa fruta é rica em vitaminas – comentei, para em seguida acrescentar: – Agora vocês vão experimentar um sorvete de castanha-do-pará.

– Vovô, agora você forçou a barra – comentou Cacá.

– Cadê o explorador? Dê às suas papilas gustativas a oportunidade de se divertirem com um novo sabor, menino.

Carol gostou do que eu disse.

– Por que não? Vou entrar nessa – afirmou.

Não deu outra: a experiência os deixou animados.

– Que sabor mara! – ambos comentaram quase ao mesmo tempo.

– Um ser humano inteligente critica seus preconceitos – observei.

– Preconceito, o que é isso?

– São seus conceitos, as suas verdades e as suas manias – expliquei.

– Poxa! Sou sempre radical. Pra mim, pau é pau, pedra é pedra. Só agora estou aprendendo a ser... a ser... – Cacá não encontrou a palavra certa.

– Flexível – completei e emendei: – Mas não vamos perder mais tempo. O barco que contratei já está nos esperando.

O barqueiro tinha uns cinquenta anos, vinte dos quais passara navegando no rio Amazonas. Ele olhou para mim e me questionou com seu vozeirão:

– Para onde o senhor vai com esses meninos? Será uma viagem curta, uma voltinha?

– Não. Vamos para muito longe.

– Muito longe quanto? – O barqueiro franziu a testa.

Tive receio de falar sobre a Floresta Viva com ele.

– Para um lugar que fica a quatro horas daqui.

Assustado, ele logo retrucou:

– Quatro horas? Isso fica no coração da floresta! O senhor está maluco?

– Mais ou menos. Mas é para lá que vamos. O senhor vai nos deixar lá e nos pegar daqui a quinze dias – falei, já com um GPS em mãos.

– Sem um guia? É loucura total.

– Quando se trata da gigantesca Floresta Amazônica, ninguém sabe ao certo onde está pisando. Mas eu tenho alguma ideia.

Assim, embarcamos e partimos rio adentro. Conforme o barco cortava as águas e fazia ondas no velho e magnífico rio Amazonas, fui dando aos meus netos uma série de informações:

– Meninos, o rio Amazonas tem 6.992 quilômetros de extensão.

– Tudo isso? – falou, admirada, Carol.

– Sim. Ele tem mais de mil afluentes. Nasce no Peru e deságua no oceano Atlântico, no Brasil, entre os estados do Amapá e Pará.

– E qual é a sua largura? – perguntou Cacá, curioso.

Eu respondi, mas eles não entenderam devido ao ronco do motor. Então elevei o tom de voz:

– A largura do rio Amazonas depende da época. Na seca, no seu ponto mais largo, ele chega a ter onze quilômetros e, na época de chuvas, cinquenta. – Em seguida, completei: – O rio tem tanta diversidade biológica quanto os grandes oceanos. Imaginem que já encontraram mais de mil espécies de peixes.

– O que é diversidade biológica? – perguntou Carol.

– É a diversidade de organismos vivos.

Cacá ficou espantado com aquelas informações. Ele, que era tão desligado da natureza, agora bebia o conhecimento de biologia, geografia, história. Continuei:

– A quantidade de água que o rio Amazonas despeja no oceano é tão grande que poderia resolver a escassez desse recurso no mundo todo. O problema é a maneira como a água é utilizada.

– Olhem! Não dá nem pra ver a outra margem! – observou Carol, surpresa. – O rio Amazonas nasce com esse nome?

– Não. Ele entra no território brasileiro com o nome de Solimões e passa a se chamar Amazonas quando se encontra com o rio Negro, na cidade de Manaus. Vejam ali, meninos, como as águas do rio Negro e do rio Solimões demoram para se misturar!

– Que incrível! – disse Carol, admirada.

– Por que esse fenômeno ocorre? – perguntou Cacá. Era engraçado ver o seu progresso. Na classe, ele raramente perguntava algo aos professores, como Lucas me contara após participar de uma reunião de pais.

– O rio Solimões e o rio Negro caminham juntos sem se misturarem completamente por cerca de dez quilômetros.

– Inacreditável! – falou Carol.

– Há várias explicações para isso. Entre elas, a diferença de temperatura e de velocidade entre eles.

– É maravilhoso sentir esse vento no rosto! Sinto uma sensação gostosa de que estou desligada de tudo e de que faço parte da natureza – afirmou Carol, com os cabelos encaracolados revolvidos pelo vento e a mão na água.

– Neste rio, há peixes tão grandes que são capazes de engolir um homem.

Assim que eu disse isso, Carol rapidamente recolheu a mão.

Pouco depois, Cacá ergueu os olhos e perguntou:

– O que é aquilo, vovô?

– Um restaurante flutuante.

– No meio do rio?

– Exatamente. – E sugeri: – Vamos almoçar um delicioso filé de pirarucu?

– Pirarucu? Eca! Será que não tem hambúrguer? – perguntou Carol, novamente de cara fechada.

– Olhe o preconceito, Carol! Que tal criticar o time dos não-comi-não-gostei?

Ao chegar no restaurante, ela relaxou um pouco, mas ainda estava resistente. Não queria provar. Não a condenei, apenas provoquei sua inteligência.

– Cadê a exploradora ousada e flexível? Você sabia que o pirarucu é um dos maiores peixes de água doce do mundo? Chega a três metros e pode pesar duzentos quilos!

– Não é possível! Nem o meu quarto tem tudo isso de largura! E um peixe não pode pesar cinco vezes mais do que eu – disse Carol, mais relaxada.

– O pirarucu é tão saboroso que é considerado o bacalhau brasileiro. Mas ele tem de ser pescado com consciência, para não ser levado à extinção. Felizmente, está sendo criado também em cativeiro. E aí, Carol, vai mesmo perder a oportunidade de provar?

Antes que ela respondesse, Cacá entrou em ação.

– Carol é enjoada. Eu quero provar!

– Nunca diminua alguém para tentar ajudá-lo, Cacá. Você quer ajudar a sua irmã?

– Sim.

– Então, em vez de apontar os defeitos dela, valorize as suas qualidades. Plante nela uma janela light, e não uma killer.

– Janela light? Killer? Nunca ouvi falar disso.

– Janela light é um arquivo em nossa memória que promove as características saudáveis da mente, que nos anima, encoraja, que eleva a nossa autoestima. Já a janela killer é um trauma, um arquivo que promove características não saudáveis, como raiva, pânico, sentimento de culpa e de incapacidade.

– Carol, abra essa janela killer que plantei em você. Você é corajosa – disse Cacá.

Ao ouvir essas palavras, ela desamarrou a cara e deu a primeira mordida no filé. Comentou:

– Nossa, gostei! Deveria existir hambúrguer de pirarucu.

Todos caímos na gargalhada! Após o almoço, retomamos a nossa longa viagem. Logo que embarcamos, o barqueiro começou a contagiar os meninos com seu pessimismo.

– O senhor tem certeza de que quer continuar?

– Tenho.

– Senhor, a Floresta Amazônica é linda, mas perigo é o que não falta por aqui.

Carol e Cacá se entreolharam, assustados. Carol então tomou a frente e disse ao barqueiro:

– Nós vamos visitar a Floresta Viva!

O piloto parou subitamente o barco. Desligou o motor e, espantado, falou:

– A Floresta Viva? Mas ela é uma lenda! Pior: uma lenda perigosa! Muitos que a procuraram nunca mais voltaram.

Os meninos me olharam e engoliram em seco.

– Eu não disse que aqui tem mais aventuras do que em qualquer celular ou rede social? Entrem nesse sonho!

– Ou pesadelo – disse o barqueiro.

– Nós amamos aventura, mas você não precisava exagerar, vô! – Carol brincou. – Vamos lá! Estou amando essa viagem.

– E eu mais ainda! – afirmou Cacá.

– Excelente. A vida é o nosso maior bem, e preservá-la é nosso dever. Mas lembrem-se: ninguém deve se aventurar em florestas sem planejamento e sem um guia responsável.

– Mas o senhor é um guia responsável? – indagou o barqueiro.

– Contrate-me pra ver.

– Não, muito obrigado – ele disse. – A minha vida já tem riscos demais.

Conforme o barco balançava nosso corpo, olhei para os meus netos e refleti sobre a juventude de hoje. Não há apenas escassez de alimento para nutrir o corpo em regiões pobres do planeta; também falta o pão da alegria e da motivação em muitas residências ricas. Há muitos miseráveis morando em palácios. Como eu queria poder levar cada jovem do mundo comigo nessa jornada!

7

A Floresta Amazônica e o cacique Pena Branca

Eu sempre achei que educar é ensinar a pensar, e não apenas transmitir informações. Receber informações é engordar o cérebro; pensar é fazer ginástica cerebral. Treinar a mente de Cacá e Carol a libertar sua imaginação era a minha grande meta.

– Olhem para a Floresta Amazônica – pedi aos meninos. – Vocês sabem o tamanho dela?

– Não! – ambos disseram.

– Ela tem 5,5 milhões de quilômetros quadrados.

– Que tamanho isso representa? – perguntou Cacá.

– Pra vocês terem uma ideia, equivale a dez países do tamanho da França ou a quinze Alemanhas!

– Nossa! Que incrível! – expressou Carol.

– Se fosse um país, a Floresta Amazônica seria o sexto maior do mundo, mas todo coberto por árvores. E muitos não sabem, nem mesmo os brasileiros, mas ela foi classificada como a primeira das sete maravilhas da natureza.

– Caramba! A primeira das sete maravilhas da natureza? – repetiu Cacá, sem conter a admiração.

– Morrer sem conhecer a Amazônia é fechar os olhos para a vida sem conhecer a natureza e sem experimentar uma explosão de alegria. Se não puder visitá-la, cada ser humano que habita este planeta deveria pelo menos estudá-la.

– Vô, você sabe quantas árvores há na Amazônia? – indagou Carol.

– São trilhões de árvores nutrindo bilhões de animais, que caçam e são caçados entre si. Na floresta, trava-se uma luta diária pelo direito de existir.

Os meninos pensaram um pouco no que eu disse e libertaram a criatividade.

– Poxa! Já imaginou se fôssemos onças? Não teria geladeira nem supermercado para guardar nossa comida – comentou Carol.

– Teríamos que lutar todos os dias para sobreviver. Que batalha! – afirmou Cacá.

Ao libertarem a imaginação, os irmãos viciados em tecnologia desaceleraram o pensamento e aquietaram sua mente.

– Estar aqui é um prazer inexplicável. Sinto-me tão diferente, vovô. Não sei definir... Sou mais eu e mais nada... – falou Carol.

– E você ainda não viu nada, menina! – Continuei a ginástica cerebral: – Pense nas aranhas preparando, dia e noite, armadilhas para pegar insetos. Elas têm de cruzar as árvores e construir pontes mais complexas do que as de concreto.

– Que engenharia! – disse Carol. – E se os insetos não caem nas teias... zero refeição!

– Não quero nem pensar. Detesto aranha! – comentou Cacá.

Vendo Cacá virado para o outro lado, Carol resolveu assustá-lo: passou de leve os dedos por suas costas, como se um bicho estivesse andando nele. Cacá deu um pulo e gritou. No entanto, dessa vez, não se zangou nem brigou com a irmã, como sempre fazia. Os dois caíram na risada. E assim curtíamos a viagem.

Horas depois, eu disse:

– Chegamos ao nosso destino!

– Chegamos aonde? – perguntou o barqueiro, intrigado.

– Chegamos à nossa trilha – falei.

– Senhor, é melhor voltarmos – insistiu ele.

– Não. Estamos prestes a viver a nossa maior aventura!

Eu, Carol e Cacá desembarcamos. Ao pagar o barqueiro, reforcei que nos buscasse no dia e na hora marcados. Então ele partiu, preocupado. Conforme se afastava, olhava para trás de vez em quando e balançava a cabeça.

– Você disse trilha, vovô? Vamos ter que andar a pé? – perguntou Carol, esfregando os olhos.

– Sim! Peguem as mochilas e coloquem nas costas.

– Mas elas estão pesadas. Não vou dar conta – reclamou Carol.

– Eu sei, vocês exageraram. Vamos fazer uma bela caminhada no meio da floresta.

– Mas você não falou que faríamos uma caminhada – ela disse.

– Eu avisei que não tinha contado tudo...

– Quanto tempo de caminhada? Só de pensar, já estou cansada!

– Anime-se, garota. Você verá um mundo que nunca viu. Mas cuidado! Na mata, é fundamental olhar para baixo.

– Por quê? – perguntou Cacá, preocupado.

– Por causa das cobras.

– Cobras? Aqui tem cobras?

– É claro que tem! Vocês ainda não entenderam que estão na Amazônia? Há milhões de belíssimas cobras por toda a floresta.

– Milhões? – disse Carol, com expressão de pavor.

– Carol, as cobras são importantes para o equilíbrio da natureza – expliquei. – E elas só atacam quando se sentem ameaçadas. E nunca se esqueça de que os piores venenos não são os das cobras, mas os que estão em nossa mente, ou seja, o ódio, a vingança, a angústia, o desânimo.

– Poxa, vovô, nunca pensei nisso.

Assim, eles começaram a caminhar com maior segurança. E eu continuei nutrindo sua mente:

– A Floresta Amazônica é tão vasta que contém muitos mundos.

– Podemos encontrar rinocerontes e elefantes aqui?

– Claro que não, Cacá. Eles existem em campos abertos como as savanas africanas. Mas por ser uma floresta fechada, quente e úmida,

é ideal para a formação da vida. De fato, um terço das espécies vivas de toda a Terra mora aqui. E, além disso, quarenta por cento de todo oxigênio do mundo e vinte e cinco por cento dos medicamentos farmacológicos se originam nas florestas tropicais. E a Amazônica é a maior de todas.

– Um a cada três seres vivos moram aqui? Tudo isso? – expressou Carol, surpresa.

Nesse momento, Cacá olhou para o alto e se encantou.

– Vejam a copa das árvores! São mais altas que os edifícios da cidade. Isso tudo me deixa sem palavras! Sem esta floresta, o planeta sobreviveria?

– Muito provavelmente haveria um desequilíbrio ambiental que faria toda a natureza sofrer profundamente – falei.

Ao longo da caminhada, Carol, em certo momento, cansada, enxugou o suor da testa e olhou para o lado e levou um susto enorme.

– Cuidado! Vejam aquele bicho estranho na árvore! Que feio! Parece violento!

– Controle o seu medo e se acalme – eu disse. – Não é um animal feio nem violento. É só um bicho-preguiça.

– Isso é um bicho-preguiça? – disse Cacá. – Eu sou meio preguiçoso.

– Só meio? Você nunca faz suas tarefas – acusou a irmã.

– Os bichos-preguiça são vagarosos, mas não são preguiçosos. Vou lhes dar cinco informações incríveis sobre eles. Primeira: eles passam a vida toda em algumas poucas árvores. Segunda: comem, em média, apenas duzentos gramas de folhas por dia, pois gastam pouca energia. Terceira: descem ao solo somente uma vez por semana. Quarta: para evitar predadores, eles se mesclam com as folhagens. Quinta: vivem dependurados e, mesmo quando estão dormindo, não caem.

– Caramba, que animal interessante! Quando eu cochilo na aula, sempre bato a cabeça na carteira! – disse Cacá, sorrindo.

– Não é que comecei a admirar os bichos-preguiça? Eles não são feios; feio é o meu preconceito. Parece que estou me conhecendo melhor – comentou Carol.

– Fico feliz por você, Carol – falei.

– Eu te conhecia tão pouco, vovô. Como você sabe de tudo isso? – perguntou Cacá, voltando-se para mim.

– Primeiro, porque amo livros; segundo, porque amo a natureza.

– Preciso ter esses dois amores – disse Carol. – Quando voltar para casa, vou fazer uma campanha na rede social com o mote: #euamoaflorestaamazônica.

– Excelente iniciativa! – falei.

Como havíamos passado um tempo na cidade de Manaus, a noite já estava caindo, e não havia possibilidade de chegarmos ao ponto em que eu gostaria – a tribo do meu amigo cacique Pena Branca – ainda durante o dia. Foi então que tomei uma decisão que assustou os meninos.

– Vamos dormir aqui – determinei.

– Aqui? No meio do nada? – os dois perguntaram, quase em pânico.

Não dei muita atenção a eles; logo peguei a pequena barraca que carregava nas costas e a armei.

Os meninos estavam acostumados a dormir em colchões macios, lençóis cheirosos, travesseiros fofos e agora teriam de dormir espremidos numa barraca. Comemos um lanche que eu trouxera e fomos dormir, um ao lado do outro.

– Cacá, você está cheirando a peixe morto – provocou Carol.

– Estou quase morto de sono, isso sim – brincou o irmão.

Cansados, eles desmaiaram minutos depois. Não imaginavam o risco que corríamos naquela frágil barraca. Era melhor eu ficar de olhos bem abertos…

8

Cara Azeda e Garoto Atolado

Os meninos dormiam profundamente. Cacá, de barriga para cima, emitia pequenos roncos. Às duas horas da manhã, todos acordamos sobressaltados com um som estranho.

– Riiichiiim.

– Que barulho é esse, vovô? – perguntou Carol, trêmula.

– Parece um animal sofrendo. Provavelmente foi ferido e está em seus últimos instantes – comentei baixinho.

– Estou com medo – disse Carol, agarrando o irmão.

– Quietos... Não chamem a atenção. Muitos predadores procuram suas refeições à noite.

Minutos depois de o silêncio voltar a reinar, veio outro susto enorme.

– Que sons são esses? – indagou Cacá, quase congelado.

– Quietos! Parecem indígenas caçando – falei.

Os sons foram aumentando, ficando cada vez mais próximos. De repente, os índios elevaram o tom de voz; agora, pareciam falar com uma dose de raiva.

– Tapuiá! Kaluana! Kaluana!

Tapuiá quer dizer "inimigo" em tupi-guarani. *Kaluana* é o nome de um forte lutador de uma lenda da tribo tupi Kamaiurá. Tive a impressão de que os indígenas queriam revestir-se do espírito guerreiro de *Kaluana* para lutarem contra os inimigos – no caso, nós. Eu não tinha tempo para pensar, e poderíamos morrer ali. Saí rapidamente da tenda. Não se via nada naquela densa noite. Carol, quase sem fôlego, falou:

– Não nos abandone, vovô!

Pedi silêncio outra vez e comecei a falar em voz alta numa língua que os meninos não compreendiam:

– Kurumi! Kurumi! Baquara! Apoena!

Eu não dominava a língua tupi-guarani, mas estava tentando dizer aos caçadores indígenas que havia dois meninos (*kurumi*) na tenda e que não éramos inimigos. Também tentei dizer que eu era um *baquara*, um "sabedor das coisas", e um *apoena*, ou seja, "aquele que enxerga longe". Quis mostrar a eles que eu sabia o que estava fazendo naquele lugar.

Minhas palavras acalmaram alguns índios, porém outros ficaram mais irritados, insistindo que eu era um invasor a ser exterminado. Em uma nova tentativa de sobrevivência, eu disse rapidamente:

– Eçabara! Eçabara da Floresta Viva.

Falei que era um *eçabara*, ou seja, um "campeador", da Floresta Viva, que havia sido chamado para conhecê-la e explorá-la. Quando mencionei essas palavras, todos os índios se acalmaram e partiram misteriosamente. A paz voltou a reinar naquela noite espantosa.

Momentos depois, Cacá perguntou, muito admirado:

– Parece que se foram! O que você falou pra eles?

Eu expliquei e, como nem ele nem Carol conseguiam voltar a dormir, aproveitei para dizer algo maravilhoso sobre os índios:

– Em todo o Brasil, há mais de 460 mil índios divididos em 225 sociedades indígenas. Na Floresta Amazônica, há cerca de trezentos mil. Algumas tribos vivem tão isoladas na imensa floresta que nunca foram encontradas pelo homem branco.

– Que coisa impressionante, vovô. Não sabia que havia tantos índios – expressou Carol.

– E quantas línguas eles falam? – perguntou Cacá.

– Cerca de 270, mais do que todas as línguas faladas hoje na Europa, na América e na Ásia.

– Que incrível! Como não nos ensinam isso na escola?

– Essas línguas são divididas em pelo menos seis raízes linguísticas: Tupi, Karib, Tukano, Jê, Pano e Aruaque.

– E em que língua você falou com aqueles índios? – perguntou Carol, fascinada.

– Arrisquei falar em tupi-guarani, da raiz Tupi.

– Como você aprendeu tudo isso? – emendou Cacá, mas ele mesmo respondeu: – Já sei, com seus dois amores: os livros e a natureza.

– Mas para onde estamos indo, afinal? – indagou Carol.

– Para a casa do guardião desta parte da Floresta Amazônica.

– Quem é ele?

– Amanhã, Carol... espere o dia amanhecer, e você saberá.

Em seguida, caímos no sono novamente.

Os pássaros nos despertaram bem cedo, quando as estrias de sol começaram a entrar pela densa mata. Quinze minutos depois, nos pusemos a caminhar.

– Logo chegaremos à tribo do meu amigo Pena Branca – falei.

– Você tem um amigo na floresta? Quem é Pena Branca? – perguntou Carol, curiosa.

– É o líder de uma tribo, um morubixaba. Mas você pode chamá-lo de cacique.

– Um cacique de verdade? – indagou Cacá.

– Claro.

– Mas você não nos contou que iríamos visitar uma tribo de índios – reagiu Carol.

– Não contei muitas coisas.

– Os índios não são perigosos? Quase fomos mortos ontem! – falou Cacá em tom baixo.

– Se os respeitarmos, eles são muito mais generosos do que o homem branco. Diferentemente de nós, eles não matam por matar, não roubam nem levantam a voz para ferir e humilhar seus semelhantes – afirmei.

Uma hora antes de chegar à aldeia, Cacá caiu numa poça de lama, e seu corpo começou a afundar.

– Socorro, estou afundando! – gritou.

Estendi minhas mãos, mas não consegui alcançá-lo. Ele continuou afundando.

– Cacá, não, não! – dizia Carol, em prantos.

– Cacá, não se debata. Assim você só vai afundar mais rápido – eu disse. – Controle-se. Eu vou te ajudar.

Ele fez o que pedi. Então, cortei rapidamente um galho de árvore com meu facão e o estiquei na direção de Cacá. Carol me ajudou, e assim o tiramos da lama. Sentamos num tronco de árvore para relaxar.

– Essa foi por pouco – disse Cacá, aliviado.

– Você foi fenomenal, meu neto. Muito corajoso.

Retomamos a caminhada e, tempos depois, encontramos a clareira onde a tribo vivia. Os meninos ficaram maravilhados. Foram recebidos com entusiasmo pelos jovens da aldeia. Alguns faziam aulas de língua portuguesa com um professor indígena. Não demorou para que eu avistasse o cacique.

– Pena Branca, meu amigo, como você está? – falei.

– Médico da Mente, há quanto tempo! – disse ele, saudando-me alegremente.

Em seguida, apresentei-lhe os meus netos. Carol estava tão irritada com os mosquitos que não parava de se debater para espantá-los.

– Mosquitos idiotas! – disparou ela.

Vendo-a naquele estado de nervos, o cacique logo lhe deu um apelido:

– Nada na floresta é idiota, menina. Mas seja bem-vinda mesmo assim, Cara Azeda.

– Ela tem cara azeda mesmo! – disse Cacá, divertindo-se.

Mas o cacique, vendo Cacá todo sujo, não teve dúvida em escolher um novo nome para ele:

– Seja bem-vindo você também, Garoto Atolado.

– Garoto Atolado?! – perguntou ele.

Todos deram gargalhadas, inclusive Cacá.

Peninha, o filho do cacique, convidou Cacá e Carol para um banho de cachoeira. Suados e cansados, os dois toparam na hora.

Após dez minutos de caminhada, os três depararam com uma cachoeira maravilhosa.

– Venham, Cacá e Carol, não tenham medo! Mergulhem! – incentivou Peninha, que tinha onze anos, um a menos que os gêmeos. – Só não vão para aquela parte ali, que é funda, e a correnteza puxa demais.

A água era pura como cristal, e a queda-d'água tinha trinta metros de altura, equivalente a um prédio de dez andares. Nunca tinha visto meus netos se divertirem tanto, nadando, mergulhando, deixando a água cair em sua cabeça. Cacá e Carol nem se lembraram de seus celulares...

– Nunca vou me esquecer dessa aventura! – disse Cacá, fascinado com Peninha e com o lugar.

– Mesmo quando eu estiver bem velhinha, vou me lembrar daqui – afirmou Carol.

– A vida é feita de momentos inesquecíveis – comentou Peninha. Os jovens índios eram alegres, calmos e muito espertos.

Após o banho dos meninos, fomos todos recebidos na cabana do cacique Pena Branca. Ele era um exímio contador de histórias; amava narrar suas aventuras e as lendas da Floresta Amazônica. Contou-nos a lenda de Curupira, guardião das florestas e dos animais, que possui traços de índio e cabelo de fogo. Mencionou ainda a lenda da Cobra Grande.

– Cobra Grande? – perguntou Carol, que, de tão interessada, nem piscava.

O cacique, com sua voz grave, disse, para espanto de todos:

– Diz a lenda que havia uma cobra que, de tão grande, era capaz de virar as embarcações no rio Amazonas. Por onde ela passava, formava alagados e igarapés. Eu sempre achei essa história fantasiosa, mas um dia… eu mesmo a encontrei!

– Não diga?! – expressou Cacá, assustado. – E o que aconteceu?

– Ela veio em minha direção para me atacar. Deu um longo salto, mas eu rapidamente me esquivei. Ela tentou dar o bote, que poderia ser fatal, porém eu pulei tão alto que bati com a ponta dos pés na sua cabeça. No instante em que a toquei, ela levantou a cabeça, me jogando a oito metros de altura. Então, eu me agarrei ao galho de uma árvore gigantesca. Me equilibrei sobre ele e subi até a copa. Esperei três dias até a Cobra Grande ir embora.

– Mas você não morreu de sede nem de fome? – perguntou Cacá.

– Tomei água da chuva e comi ovos de pássaros.

Carol e Cacá ficaram admirados com a inteligência e a criatividade de Pena Branca. Filme algum era capaz de atrair tanto a atenção dos dois. Eu também me divertia com as histórias do cacique. Vendo Carol roer as unhas de medo, ele disse:

– Acalme-se, Cara Azeda. Há muitos anos não se tem notícia da gigantesca sucuri. Além disso, você tem de saber que os maiores monstros não estão fora, mas dentro de nós. É com os monstros de dentro que devemos ter mais cuidado.

– O vovô falou sobre eles: a ansiedade, o preconceito, o desânimo, a falta de garra.

– Parabéns, Garoto Atolado. Os monstros de dentro são invisíveis. São eles que eu procuro descobrir e dominar para ser um bom líder da minha tribo. – E, voltando-se para mim, ele perguntou: – Não é isso, Médico da Mente?

– Exato, Pena Branca.

– E a Floresta Viva, existe ou é uma lenda? – perguntou Carol, lembrando-se da minha conversa com o barqueiro.

O cacique parou, olhou para o alto, respirou fundo e enfim respondeu:

– Existe, se você acreditar nela. Existe, se você for chamado. Existe, se você conseguir entender a linguagem dos animais. Pouquíssimos têm permissão para pisar em seu solo sagrado. Se vocês se divertiram aqui, nem imaginam o que os espera lá. Mas é melhor se prepararem para os perigos também...

– Mas os maiores monstros não estão em nossa cabeça, papai? – indagou Peninha.

– Sim, meu filho, mas nunca despreze os predadores de carne e osso…

Os meninos deram umas tossidelas diante da advertência. Cacá, que nunca agradecia aos professores pelos ensinamentos que passavam, estava aprendendo a se curvar diante dos seus mestres. Agradeceu ao cacique.

– Você é um grande professor, cacique. Muito obrigado – falou.

– Se gostaram de mim, esperem até encontrar o professor Corujão, o meu mestre!

– Professor Corujão? Eu pensei que o vovô estivesse brincando – disse Carol.

– Espere… Espere… Amanhã caminharemos até o vale perdido. Atravessaremos a grande Serra Branca e o rio dos Mistérios.

Os meninos franziram a testa, pensativos. Depois de um instante de silêncio, sugeri que fossem conhecer a aldeia, o modo como os índios vivem, caçam, cozinham. O dia passou voando para eles. À noite, deitaram-se numa cama de folhas de coqueiro, numa oca. Pelo menos, era melhor e mais segura do que a barraca da última noite. Ambos praticamente desmaiaram de cansaço e tiveram sonhos e pesadelos com o rio dos Mistérios…

9

A misteriosa Floresta Viva

Logo nas primeiras horas da manhã, um bando de araras nos acordou. Outros pássaros completavam uma orquestra de encantar os ouvidos.

Cacá e Carol, após uma longa espreguiçada, foram tomar o café da manhã. Mas, diferentemente do que acontecia em sua casa, não tinha torrada, pão, iogurte, café ou leite, apenas frutas da floresta e uma mistura de mandioca.

– Não gosto muito de fruta! Eu tento, mas não dá – comentou Carol. Embora eu houvesse lhe pedido para adotar uma alimentação mais saudável para a aventura, comer fruta ainda era um sacrifício para ela.

– Um cérebro inteligente come frutas, Cara Azeda – disse o cacique.

Repreendida, ela fez um esforço e pegou uma graviola.

– Soube que os meninos da cidade acordam resmungando por terem de enfrentar o dia – comentou o cacique.

– É, nós gostamos de namorar o travesseiro – disse Cacá, bem-humorado.

– Confesso que eu acordo mal-humorada. Enfio o rosto no travesseiro para não ouvir a voz da minha mãe – admitiu Carol.

– Na floresta, ninguém acorda reclamando. Todos os animais fazem festa pela manhã. E nós também – disse Peninha.

Logo após comermos as frutas, o cacique, que seria nosso guia, nos alertou:

– Precisamos partir, Médico da Mente. A jornada é longa, e há muitos perigos pelo caminho.

– Deixe-me ir também, papai! – pediu Peninha.

– Não, meu filho. Já o levei duas vezes até a margem desse lugar sagrado. Temos de preservá-lo. Se um dia você for chamado, irá. Por enquanto, exerça seu papel como pequeno líder.

Assim, partimos em direção à floresta proibida. O cacique carregava o que sobrara da mochila dos meninos. Eu, Cacá e Carol levávamos os suprimentos. Depois de muito andar, chegamos a uma gigantesca cadeia de montanhas, de mais de cem quilômetros. Ela circundava toda a Floresta Viva, era uma barreira natural que protegia o lugar. Seria muito difícil escalá-la.

– Estou morrendo de cansaço – afirmou Carol, limpando o rosto e olhando para a imensa e assustadora parede de rochas.

Pena Branca parou, respirou profundamente e caminhou até o pé da montanha. Ele bateu com os punhos na rocha como se quisesse abrir uma porta. Carol olhou para Cacá e fez um gesto indicando que o cacique estava doido. De repente, o cacique ajoelhou, colocou as duas mãos sobre determinado ponto, disse algumas palavras incompreensíveis, e, por incrível que pareça, uma enorme passagem se abriu.

– Como você fez isso?! – perguntou Carol, fascinada.

– Sou amigo da natureza, Cara Azeda – respondeu o cacique.

– Que incrível! Você é um mágico! – disse Cacá.

– Não, Garoto Atolado. Sou um dos guardiões desta floresta. Mas, em breve, vocês vão conhecer um guardião maior do que eu.

Em seguida, Pena Branca friccionou algumas varetas até pegarem fogo e acendeu uma tocha, que iluminaria a passagem por um longo e úmido túnel. Antes de prosseguirmos, no entanto, ele fez um alerta:

– Tenham muito cuidado com as serpentes!

O lugar era arrepiante. Ouviam-se barulhos estranhos, como se animais estivessem andando pelas paredes do túnel. Cacá e Carol, com medo, caminhavam lentamente e de mãos dadas.

– Cuidado! – gritou Pena Branca para Cacá e, imediatamente, segurou o pé dele, prestes a pisar numa cobra.

Assustado, o menino disse:

– Obriga... do, ca... ca... cacique.

Após percorrermos cerca de quinhentos metros, raios solares começaram a surgir por algumas frestas, dando-nos maior segurança. Saímos do túnel e ficamos deslumbrados com a paisagem. Carol apontou um rio.

– Veja aquele rio, vovô. Que fantástico! Ele faz tantas curvas quanto uma montanha-russa.

– É o rio dos Mistérios, um afluente do Amazonas – comentei.

– Ele é maravilhoso, mas exige cuidado. No rio dos Mistérios, há muitas piranhas-vermelhas – advertiu o cacique.

– O que elas comem? – perguntaram os meninos.

– Tudo. Se houvesse bois aqui, eles tomariam água de canudinho – brinquei. – Queridos, não se desconcentrem.

Os meninos ficaram sem voz à medida que nos aproximamos do rio. Mas, assim que avistaram o vale perdido, a Floresta Viva, se soltaram. Se a Floresta Amazônica é a primeira das sete maravilhas da natureza, a Floresta Viva é provavelmente o lugar mais deslumbrante do universo.

– Olhem ali, um jacaré! Que enorme! – disse Cacá.

– É um jacaré-açu, uma espécie gigantesca da Amazônia. É bom ter respeito por ele – afirmou o cacique.

Em seguida, Pena Branca recostou-se na barranca do rio e puxou uma jangada que estava escondida. Embarcamos cuidadosamente, nos acomodamos, e ele finalmente começou a nos guiar através do rio dos Mistérios, que, naquele ponto, tinha mais de duzentos metros de largura. Os meninos se equilibravam com extremo cuidado. Minutos depois, no entanto, o pior aconteceu: Carol distraiu-se com o sobrevoo de um bando de aves, perdeu o equilíbrio e caiu na água.

– Vovô, me ajude!

Pensei nas piranhas-vermelhas e, desesperado, pulei rapidamente no rio, antes que Pena Branca pudesse mergulhar. Era minha neta, eu a amava mais do que tudo na vida. Segurei-a firmemente e comecei a nadar com ela na direção da jangada. Mas meus movimentos atraíram um cardume desses predadores do rio.

Quando as piranhas se aproximaram para nos atacar, Pena Branca tirou um peixe muito fedido de uma sacola que trazia consigo, atirou-o longe de mim e Carol e agitou a água com seu remo. As piranhas rapidamente se desviaram em direção ao peixe, dando o tempo exato para subirmos na jangada. Nesse momento, senti uma forte dor.

– Cacique, fui mordido!

Uma piranha-vermelha estava grudada no meu braço. Foi então que Pena Branca pegou sua faca e a cortou. Em seguida, fez algo inesperado: comeu-a crua.

Passado o nervosismo, tentei confortar Carol.

– Foi um mergulho gostoso!

Ela sorriu. Cacá pegou na mão dela e foi carinhoso.

– Eu te amo. Estamos vivos! Vamos comemorar!

– Tem razão, meu irmão. Eu também te amo.

O cacique a elogiou.

– Parabéns, Cara Azeda. Você agiu como uma Cara Forte!

Chegando à outra margem do rio, todos ficamos mais uma vez fascinados. Os lagos e as cachoeiras eram de tirar o fôlego. Sorridente, Cacá disse:

– Que lagos belíssimos! Que árvores incríveis!

– Vejam os animais. Há bandos de pássaros em todos os lugares. E são multicoloridos – disse Carol, emocionada.

Vendo-nos distraídos, o cacique recomendou:

– Poucos humanos pisaram neste solo. E é muito fácil se perder aqui. Saibam respeitá-la para saírem vivos.

Cacá e Carol não sabiam se riam ou choravam.

– Obrigado, grande cacique! – disseram ambos.

– Médico da Mente, eu os pegarei neste mesmo lugar na volta. Não erre o dia, o lugar e o horário – disse Pena Branca.

– Certo, amigo.

Pena Branca partiu.

De repente, Carol caiu em si e comentou:

– O que vamos fazer aqui sozinhos? Estamos completamente desprotegidos.

– Como vamos achar o professor Corujão? – perguntou Cacá.

– Não se preocupem. É ele quem vai nos achar – falei.

E começamos a caminhar. Macacos gritavam ao longe. Corujas piavam. Sapos coaxavam. Tudo cativava nossos olhos e ouvidos. Mas não havia um sinal sequer do professor.

– Quantas vezes você já esteve aqui, vovô? – Cacá perguntou.

– Algumas vezes...

– E por que você nunca nos disse nada? – questionou Carol.

– Só contamos nossos segredos para quem está próximo. E eu estava distante de vocês.

Em seguida, ouvimos um rugido que parecia o de uma onça, mas bem distante. Amedrontado, Cacá falou:

– Esses barulhos são de arrepiar!

– Estou muito cansada – disse Carol. – Vou sentar debaixo daquela árvore enorme, naquele tronco seco.

A árvore era uma grande figueira cujos galhos se espalhavam como se quisessem abraçar o mundo. Assim que se sentou, Carol sentiu que o tronco começou a se mover.

– Que gozado, esse tronco parece vivo! – exclamou ela.

Subitamente, uma cabeça saiu do enorme tronco, prestes a atacá-la.

– Socorro! Socorro!

Talvez não fosse a Cobra Grande que o cacique havia descrito, mas era uma gigantesca sucuri. Carol quase desmaiou de susto. Quando a cobra ia dar o bote, uma grande coruja surgiu voando ao redor dela. A ave pousou na cabeça da sucuri e a repreendeu.

– Tantã, sua sucuri gananciosa! O que você está fazendo?

– Procurando meu jantar, ora bolas! – respondeu a cobra.

– Não faça isso. Você está atacando os escolhidos.

– Xi, eu não sabia. Faz uma semana que não como. – Em seguida, a sucuri disse: – Espere, a minha refeição está chegando...

De repente, um tamanduá distraído apareceu por perto. Ele caçava formigas. Tantã não teve dúvida: ziguezagueou lentamente até ele, dilatou bem a boca e deu um bote certeiro. Abocanhou-o sem lhe dar a menor chance de escapar. Carol entrou em pânico, colocou as mãos na boca de tão espantada. Vendo-a perturbada, a coruja tentou acalmá-la:

– Não deixe o medo te controlar, menina. O que você viu parece triste, mas é a lei da natureza. Os herbívoros comem plantas, enquanto os predadores carnívoros se alimentam de outros animais. Assim é a cadeia alimentar – disse calmamente a ave, que emendou: – Embora alguns dos meus alunos estejam aprendendo a dominar seu instinto e não atacar os amigos...

A sucuri se retirou, saciada.

Cacá gaguejou:

– Você de... deve ser o pro... professor... Corujão.

– Muito prazer!

– Pensei... que fo... fosse uma... lenda. Mas você é real.

– Não sou uma lenda, Cacá e Carol, sou apenas um professor.

– Como você sabe nossos nomes? – indagou novamente o garoto.

– Sei de muitas coisas, menino.

Carol, apesar de chocada, conseguiu falar:

– Aquela... cobra gigantesca fala... E você também. E ela deve ser cem vezes mais pesada do que você. Como ela... te obedeceu? Como isso é possível?

– Bem, Carol, muitas coisas são possíveis nos vales da Floresta Viva. Mas é uma longa história que você terá de aprender aos poucos.

O professor ainda não havia se dirigido a mim.

– Saudações ao magnífico Guardião da Floresta Viva! Que privilégio vê-lo outra vez! – falei.

– Doutor Marco Polo, meu bom amigo! Tinha se esquecido da Floresta Viva?

– Jamais. Penso nela dia e noite, professor.

Corujão abriu um grande sorriso e voou até mim. Pousou em meu ombro e encostou a cabeça na minha.

– Estava com saudades das nossas conversas agradáveis e inteligentes – ele disse.

– Eu também, eu também!

Logo após nos cumprimentarmos, emendamos uma conversa e nos distraímos. Um grito nos pôs em alerta de novo:

– Socorro, vou morrer! – gritou Cacá, paralisado.

Uma aranha, o "fantasma" que ele mais temia, havia descido de uma árvore por um fino fio, invisível aos olhos humanos, e pousado em sua cabeça. Cacá era capaz de enfrentar um cachorro bravo, mas morria de medo de aranhas e sapos. E aquela era uma aranha enorme, mal cabia na palma da mão.

O professor Corujão voou até ele e começou a bater as asas na frente da gigantesca aranha.

– Pata Negra, como pôde fazer isso com nosso amigo?

A aranha levantou as patas da frente e rebateu o professor:

– Amigo? Este garoto é um invasor. Nenhum ser humano é amigo das florestas.

– Isso é preconceito, Pata Negra. Ele é um dos escolhidos!

– Oh, eu não sabia! Mas alguns humanos já estiveram aqui e quiseram nos destruir. Esqueceu?

– Não, não esqueci. Mas há humanos que amam e cuidam das florestas.

Pata Negra soltou um zunido.

– OK, professor Corujão! Espero que você não esteja errado. Ainda confio em você. – E, enrolando o fio na boca, subiu para a árvore.

10

Um professor que provoca a inteligência

Cacá era um garoto que reclamava muito e agradecia pouco. Não agradecia o brilho do sol, os alimentos sobre a mesa, a cama macia. Era um pequeno rei que transformara seus pais em servos, sempre prontos para satisfazer suas vontades. Mas uma mente brilhante reconhece que a vida é como uma teia de aranha, onde todos estão ligados e precisam uns dos outros. Ele estava fazendo essa descoberta. Muito feliz por ter sido salvo do animal de muitas patas, Cacá agradeceu ao mestre das florestas:

– Obrigado, muito obrigado mesmo, professor! Você é o cara!

– Você está superando o seu medo de aranhas, Cacá! – disse Carol, elogiando-o, algo belo porém raro entre eles.

Em seguida, dirigindo-se aos dois, o professor elevou o tom de voz:

– Sejam bem-vindos a este mágico lugar. Vamos ao primeiro grande teste.

– Teste? – ambos perguntaram.

– Vovô, você não nos falou que haveria testes – disse Cacá.

– Eu não lhes contei tudo, lembram? – respondi.

– Nenhum ser humano pode ser admitido como explorador da Floresta Viva sem passar por testes – explicou Corujão.

Os meninos se olharam, apreensivos.

– O primeiro teste é o teste da sabedoria. Todo ser humano que pisa neste solo precisa ter três grandes paixões. Se não souberem quais são elas, terão de pegar as mochilas e partir.

– Já sei duas! – afirmou Cacá, lembrando o que eu havia ensinado. – Paixão pela natureza e pelos livros.

– Parabéns! Vocês aprenderam bem com o doutor Marco Polo. Mas quantos tipos de livro existem?

– De papel – disse Carol.

– Digital – afirmou Cacá.

– Há outro tipo de livro importantíssimo, e, se vocês não aprenderem a lê-lo, serão obrigados a partir agora.

Os meninos ficaram pensativos, mas nada lhes vinha à cabeça. Só conheciam esses dois tipos.

– Respirem profundamente e arrisquem uma resposta. Calar-se pelo medo de errar é pior do que o próprio erro. Olhem para tudo o que está ao redor e respondam.

Carol respirou lenta e profundamente e, em seguida, teve um estalo!

– Será que você está falando da leitura do canto dos pássaros, do som dos trovões, do movimento das folhas?

O professor sorriu. Cacá completou:

– As estações do ano também podem ser lidas. A cor dos alimentos, o perfume das flores...

– Parabéns! Vocês libertaram a imaginação e acertaram. Os livros representam o conhecimento. A natureza é um livro vivo, mas pouco útil para quem não aprende a lê-lo.

– Poxa! Que pensamento lindo, professor! – disse Carol. – Vou até repeti-lo para nunca mais esquecer: a natureza é um livro vivo, mas pouco útil para quem não aprende a lê-lo. Meus amigos queriam matar o grilo que falou comigo porque não sabiam ler os sons da natureza. Eu mesma queria dar uma cadernada nele. Como fui estúpida!

– E eu encarei o sapo como se ele fosse um monstro.

– Na realidade, vocês não foram escolhidos! Vocês escolheram.

– Como assim? – perguntaram, espantados.

– Muitos foram chamados, mas poucos ouviram os meus mensageiros. Vocês estão aqui porque abriram os ouvidos, apesar de terem mais defeitos que muitos dos seus colegas e amigos.

– Mas qual é a nossa missão? – perguntou Carol.

– Não posso falar ainda. Antes, vocês precisam passar no teste da sabedoria. Falta me dizerem a terceira paixão que todo explorador deste paraíso deve ter. Se não acertarem, sinto muito...

Os meninos estavam tensos.

– O vovô não nos ensinou sobre a terceira paixão. Ou eu não guardei, pelo menos – sussurrou Carol para Cacá.

– Nem eu. E agora? – perguntou o irmão.

Enquanto eles pensavam, grunhidos de animais e estalos de galhos eram ouvidos por toda parte. Parecia que animais estavam sendo perseguidos. Sons estranhos também vinham do rio dos Mistérios. Seriam jacarés abatendo alguma presa? Os pássaros voavam agitados, deixando Cacá e Carol apreensivos. Eu senti que eles queriam fugir daquele lugar. Mas para onde?

– Acalmem-se, o segundo teste ainda nem começou – eu disse para eles.

A ansiedade se tornou uma armadilha que os impedia de pensar. Ambos esfregavam uma mão na outra, punham-nas no rosto. Não tinham ideia de qual era a terceira paixão.

Carol, preocupada em não passar no primeiro teste, teve uma reação impulsiva e disse o que veio à cabeça. Cacá ainda tentou tapar a sua boca, mas não deu tempo.

– Será que a terceira paixão dos exploradores é pelo celular?

O professor ficou tão frustrado que baixou e apenas balançou a cabeça.

– Será que é pelos esportes? – disse Cacá.

– É preciso praticar esportes, mas a sua resposta está longe de ser a que eu procuro – afirmou Corujão. Em seguida, querendo terminar o teste, disse alto e bom som: – Basta!

Desesperada, Carol começou a disparar uma metralhadora de respostas:

– Será que é pelos cadernos? Provas? *Videogames*?

– Pare de chutar, Carol! – o irmão censurou.

– É melhor chutar do que ficar paralisado como você!

Os dois olharam para mim, queriam que eu soprasse uma resposta. Seus olhares pediam: "Ei, vovô, fale algo, nos ajude!". No entanto, na Floresta Viva, não podia haver sopros nem falsidade. Eu já havia feito muito por eles. E estava muito triste. Já havia enfrentado alguns testes. Agora era a vez deles.

– Será pela... moda? – disparou outra vez Carol. E logo percebeu que dera uma bola bem fora.

O professor era muito antenado com o que acontecia na espécie humana. Sabia que milhões de garotas e garotos se vestiam não para se sentir confortáveis, mas para agradar aos outros.

– Pela moda, Carol? Não fale bobagem – comentou Cacá, levando as mãos à cabeça. – Por acaso, os índios andam na moda?

– Andam, sim! Na moda natural! – ela retrucou.

Ao ver os dois completamente perdidos, atritando-se, o professor deu o teste por encerrado.

– É uma pena, vocês falharam. Vocês são inteligentes, mas a sua mente não está aberta o suficiente. Torço pelo futuro de vocês. Adeus.

Os dois abaixaram a cabeça, frustrados. Não eram dignos de ser exploradores da Floresta Viva. Eu fiquei preocupadíssimo, não contava com essa reprovação. Imaginava que, por terem sido escolhidos, eles passariam no teste. "E agora?", pensei comigo. O cacique Pena Branca só voltaria dali a alguns dias. Eu não tinha uma jangada nem sabia direito o caminho de volta. E as piranhas? E o túnel? Como o abriria? Foi a minha vez de ficar ansioso.

Olhei para o professor. Antes que eu pudesse lhe pedir mais uma chance, entretanto, ele balançou a cabeça, sinalizando para que eu não insistisse. Nesse momento, apareceram centenas de aves e animais rastejantes, como iguanas, que diziam em coro:

– Vergonha! Vergonha! Vergonha! Vergonha!

Os meninos não tiveram tempo de admirar os animais falantes. Sentiam-se de fato envergonhados. A Floresta Viva os estava expulsando. Professor Corujão começou a voar para o alto, e os meninos abaixaram a cabeça. Então Carol, que sempre ficava muda diante dos seus professores, que nunca perguntava nem questionava nada, mostrou que estava aprendendo a amar o conhecimento. Ela levantou a voz e indagou:

– Professor! Ei, professor! Como posso dar uma resposta inteligente sobre aquilo que você não me ensinou? É injusto!

O professor olhou para ela e se deteve no ar. Cacá, por sua vez, lembrou-se do que eu lhe falara no avião: eles tinham de aprender a ser um time. Tinham de lutar um pelo outro. Assim, ficou ao lado da irmã e também provocou a mente do professor.

– Professor, você disse que se calar por medo de errar é pior do que o próprio erro. Nós não nos calamos, ainda que nossas respostas tenham sido erradas, algumas até tolas. Temos sede de aprender...

– E, se você tiver sede de ensinar, formaremos uma classe perfeita... – completou Carol.

Algo maravilhoso aconteceu: Corujão sorriu. Era isto o que ele procurava: alunos corajosos, com sede de aprender, perguntar, pensar; alunos que desejassem mudar o mundo, e não ficar no piloto automático, vendo a vida passar. Lentamente, Corujão começou a descer, até ficar face a face com os meninos.

– Vou dar a vocês uma nova chance. A terceira paixão está mais próxima do que imaginam. Pensem nos mais diversos povos do mundo. Por que eles se dividem, fazem guerras e lutam uns contra os outros? Que paixão lhes falta?

Eles pensaram, pensaram e, por fim, disseram a uma só voz:

– Paixão pela humanidade!

Quando Cacá e Carol disseram isso, o professor Corujão bateu palmas, ou melhor, asas de tanta felicidade.

– Mil parabéns! Muitos responderiam paixão pela bondade, perdão, generosidade ou até humildade, mas, na verdade, tudo se concentra numa única paixão. Vocês foram direto ao ponto. Enquanto os seres humanos não aprenderem a ter paixão pela sua própria espécie, não preservarão a natureza. Enquanto não se enxergarem como uma família, as suas diferenças serão muito mais numerosas do que as semelhanças. As guerras, as lutas pelo poder, a miséria e a destruição do meio ambiente nunca deixarão de existir...

O professor Corujão estava treinando a mente dos seus alunos de ouro para que, quando retornassem à escola, ao seu mundo, fossem uma tocha viva a incendiar a mente de outros jovens. Os meninos ficaram muito pensativos. Jamais se esqueceram dessas palavras.

– A paixão pela natureza, pelo conhecimento e pela humanidade é uma senha, um passaporte para penetrar, explorar e conhecer o mundo inimaginável da Floresta Viva. Parabéns, vocês foram aprovados no teste da sabedoria! – disse Corujão.

Os dois pularam de alegria. Eu também entrei na festa, embora as imensas dificuldades que ainda os aguardavam não saíssem da minha cabeça. No segundo teste, passariam por experiências de arrepiar os cabelos e de fazer os lábios tremer. Mas, se aquelas três paixões estivessem presentes dia e noite em sua mente, Carol e Cacá conseguiriam sobreviver.

11

A misteriosa Chave de Ouro

O sucesso no primeiro teste levou o professor a dar a Cacá e Carol um presente que todo ser humano gostaria de receber.

– A partir de agora, vocês estão inscritos na Escola de Formação dos Guardiões da Natureza. Se passarem nos próximos testes, poderão, um dia, tornar-se líderes que ajudarão a melhorar o mundo.

– Poxa, eu sempre me senti um zé-ninguém. Nunca pensei que pudesse ser importante! – disse Cacá. – Mas o que significa ser um Guardião da Natureza?

– Vamos devagar, passo a passo. Um ser humano come toneladas de alimentos ao longo da vida. Mas não pode comer tudo de uma vez.

De repente, surgiu um bando de macacos bugios. Enormes, eles gritavam como loucos. Soavam como o zunido de um avião a jato. Pulavam de galho em galho em nossa direção. Ficamos todos com medo. Quando estavam a cinco metros de distância, um deles tomou a frente e disse aos berros:

– Ensinando humanos, professor?

– Eu os estou treinando! – Corujão respondeu.

– Tolice. É uma espécie sem salvação! São tão egoístas que não pensam nem mesmo no futuro dos próprios filhos. Veja o aquecimento do planeta que eles estão deixando como herança.

Em seguida, pularam no chão e se aproximaram mais ainda. E, a uma só voz, gritaram:

– Desista! Desista! Desista!

O barulho era ensurdecedor. Todos recuamos, assustados, pensando que seríamos atacados. Mas, logo depois, os macacos partiram.

– Não posso condená-los. Eles têm motivos para serem pessimistas com os humanos – disse Corujão.

– Quase desmaiei de medo! – afirmou Carol, respirando profundamente.

Em seguida, o professor afirmou:

– O segundo teste começou: o teste do autocontrole! – Nesse momento, abraçou os meninos com suas asas e tentou confortá-los. – Sucesso sem risco é sucesso sem merecimento. Não desanimem. Como prova de que aposto em vocês, darei o que tenho de melhor. Algo que milionários da sua espécie não tiveram, que famosos não alcançaram, que poderosos não conquistaram.

O sábio professor então voou até a copa da árvore mais alta da Floresta Viva. Penetrou num buraco no tronco e, minutos depois, voltou com algo em suas garras, algo que reluzia à luz do sol. Deteve-se no ar, a dez metros acima da cabeça dos irmãos gêmeos.

– Se vocês deixarem cair, estão fora.

E soltou o objeto brilhante. Cacá deu um mergulho surpreendente e o pegou. Era uma chave de ouro. Nela, havia uma inscrição, que Cacá leu para a irmã:

> AS REGRAS DE OURO DA NATUREZA
> Ser feliz é:
> 1. Investir na felicidade dos outros.
> 2. Ser autor da própria história.

O professor, animado, comentou:

– Nunca a deixem cair. Nunca a deixem ser roubada. Nunca a entreguem a ninguém. Essa chave lhes pertence. Encostem-na na cabeça. Mas devagar...

Carol a aproximou de sua cabeça e depois da de seu irmão. De repente, o céu se abriu, e foi como se eles tivessem viajado para além da Floresta Viva. Viram-se no meio de crianças carequinhas, portadoras de câncer. Depois, em um orfanato. Em seguida, nas ruas, pedindo comida junto com meninos pobres, enquanto muitos passantes lhes davam as costas. Os dois irmãos, que normalmente só pensavam em si, ficaram emocionados com essas cenas.

– O que aconteceu conosco? – Carol perguntou, após nos contar o que tinham visto.

O professor apenas lhes disse:

– Se querem ser Guardiões da Natureza, seres felizes e saudáveis, aliviem a dor de todos os humanos e não humanos que puderem. O que se procura não são jovens perfeitos, mas jovens dispostos a dar o melhor de si. Esse é o sonho dos sonhos da Floresta Viva.

– Queremos sonhar esse sonho! – disseram Cacá e Carol ao mesmo tempo.

– Então, preparem-se! Quase todas as pessoas falham gravemente neste segundo teste. Elas parecem livres, mas são prisioneiras por dentro. Para passarem, vocês devem viver, dia e noite, a segunda regra de ouro da natureza.

– Ser autor da própria história – releu Cacá.

– Exato. Vou lhes ensinar um exercício para que se tornem autores da própria história. Vocês devem praticá-lo até ficarem velhinhos. É a técnica do DCD. Ela vai ajudá-los a navegar pelas águas da emoção.

– Navegar por onde? – perguntou Carol, supercuriosa.

– Pelas águas da emoção.

– Como assim, professor? – perguntou Cacá.

– A emoção é como o rio dos Mistérios. Tem águas rasas, mas também profundas. Tem trechos mansos, mas também obstáculos. Nas águas da emoção encontramos os mais diversos tipos de ansiedade, como medos, inseguranças, sentimento de inferioridade, autopunição, vingança.

– Ufa! Sou muito ansiosa. Preciso aprender a nadar nessas águas – desabafou Carol.

– E que técnica é essa do DCD, professor? – perguntou Cacá, muito interessado.

– DCD quer dizer: duvidar, criticar e determinar. Quando atravessarem as águas turbulentas da emoção, respirem fundo, soltem lentamente o ar e digam com força, em sua própria mente: "Eu duvido que não superarei meus medos, minha raiva, meu ciúme, meu sentimento de vingança e de inferioridade. Eu critico meus pensamentos negativos e perturbadores. Eu determino a mim mesmo ser livre e dirigir a minha história".

– Que interessante. E devo fazer o DCD em silêncio? – perguntou Carol.

– Sim. Todos os dias. Assim como você faz a higiene dos dentes escovando-os, deve fazer a higiene mental. Seja livre para lutar com suas próprias palavras contra tudo o que te perturba. Nunca fique alimentando pensamentos e emoções destrutivos; caso contrário, eles ficarão registrados em sua memória e não poderão ser apagados.

– Poxa! É a primeira vez que me ensinam a varrer o lixo da minha mente. Nunca soube o que fazer com a minha ansiedade. Esse exercício parece poderoso! – animou-se Carol.

– É muito poderoso para controlar o estresse e evitar doenças emocionais – reforçou o professor Corujão.

Ao ouvir isso, eu aplaudi o professor.

– Professor, meus parabéns! Se os pais e professores do mundo todo ensinassem técnicas como a do DCD a seus filhos e alunos, estes seriam mais saudáveis e felizes. Ficamos desesperados para prevenir doenças e epidemias, mas não damos a devida atenção às doenças emocionais que estão destruindo milhões de jovens.

O professor agradeceu e disse:

– Apliquem a técnica do DCD para todas as falsas crenças.

– Falsas crenças? Como assim? – indagou Carol.

– Falsas crenças são crenças irreais que nos aprisionam. O universo está cheio delas! Olhem para o alto – pediu o professor.

– Como está estrelado! – comentou Carol.

– Essas estrelas estão aqui, agora? – perguntou Corujão.

– Claro que estão. Estou vendo – afirmou Cacá.

– Isso é uma falsa crença. Muitas dessas estrelas não existem mais, já morreram. As luzes que vemos são seus fantasmas, que viajam a trezentos mil quilômetros por segundo.

– Que incrível! – disse Cacá. – Não tinha ideia de que as estrelas que vemos já morreram.

– Nem eu... – comentou Carol.

– Neste exato momento, vocês estão parados? – perguntou Corujão.

– Claro, professor! – responderam apressadamente os dois irmãos.

– Essa é outra falsa crença. Vocês estão viajando a uma velocidade maior que a de um avião a jato – disse o mestre. Ele estava treinando seus alunos para navegarem nas águas da emoção.

– Não é possível! – duvidou Cacá.

– Mas é verdade. Estamos girando em torno do sol, nossa estrela mais próxima, em altíssima velocidade.

– Que interessante! Pensar que estamos parados é outra falsa crença... – disse Carol, refletindo. Foi nessa hora que ela olhou para baixo e viu uma cobra entre suas pernas e se desesperou. – Socorro! Uma cobra!

Seu coração parecia que ia sair pela boca. Mas a cobra se deteve, olhou para Carol e disse:

– Não se preocupe, menina, sou uma muçurana. Meu veneno não é nocivo para vocês, humanos. – Em seguida, dirigiu-se ao professor e o cumprimentou: – Bom dia, professor!

– Bom dia, dona Muçu.

Então a cobra partiu.

– Pensar que todas as cobras são venenosas é outra falsa crença. Achar que elas atacam humanos, também. Na verdade, elas se defendem. Mas é preciso ter cuidado – avisou Corujão. – Algumas falsas crenças não causam muitos problemas, porém outras podem nos aprisionar no único lugar em que deveríamos ser sempre livres: a mente.

Crer que você não é um ser inteligente, que não tem boa memória, que não é capaz de superar um obstáculo ou de vencer suas dificuldades são falsas crenças graves.

Minha neta, ao ouvir isso, me perguntou:

– Você já atendeu muitas pessoas com falsas crenças, vovô?

– Muitas. Veja o caso das fobias ou dos medos. Já tratei de pessoas que transformavam uma barata num monstro. Pessoas que não entravam em elevador. Que tinham branco quando se apresentavam em público.

– Eu sou assim. Quando vou apresentar um trabalho, esqueço tudo o que estudei – disse Carol.

– Eu tenho branco nas provas do professor Mario – afirmou Cacá.

Continuei:

– Já atendi pessoas que vomitavam quando viam uma lagartixa, que entravam em crise diante de uma borboleta ou em pânico diante de um beija-flor.

– Como nossa espécie é complicada! Até de beija-flor? – indagou Carol.

– Sim. Se damos as costas às coisas que nos perturbam, elas se tornam fantasmas que nos dominam; se as enfrentamos com a técnica do DCD, somos nós que as dominamos. Se praticarem esse exercício, vocês se tornarão exploradores do planeta da mente. Vocês aprenderão coisas que muitos adultos não tiveram a oportunidade de aprender.

E, assim, eu tentava lapidar a mente deles como a um diamante. No entanto, o diamante é um dos materiais mais duros da natureza. Eles precisariam mesmo de muito autocontrole para enfrentar o que viria pela frente.

12

Resolver conflitos com inteligência

A noite chegou, e precisávamos dormir. Nos instalamos em uma cabana indicada pelo professor Corujão. Ele nos desejou boa-noite e nos preveniu de que o dia seguinte seria muito importante para o treinamento. Assim que deitaram, exaustos, Carol e Cacá desmaiaram de sono.

– Cobras! Socorro! Socorro! – gritou Carol de repente.

Cacá levantou em pânico.

– Cadê as cobras? – perguntou.

Procuramos pelas cobras, mas não as encontramos.

– Carol, você teve um pesadelo! – afirmei.

– Mas foi tão real... Inúmeras cobras tinham invadido a cabana. Começaram a rastejar pelo chão e, pouco a pouco, subiram na minha cama e depois no meu corpo. Quando estavam no meu peito, acordei, assustada.

– Acalme-se, minha neta, está tudo bem – disse, tranquilizando-a.

Pela primeira vez, ela comentou que queria estar abraçada aos seus pais.

– Estou com saudades da mamãe e do papai.

– Eu também. Éramos tão protegidos por eles e não os valorizávamos – refletiu Cacá.

Passado o susto, sugeri que voltássemos a dormir.

– Amanhã vocês terão um dia cheio! Descansem um pouco mais.

Não foi preciso esperar o dia amanhecer para os testes se iniciarem. Mal tínhamos voltado a dormir, quando um som apavorante soou bem na porta da cabana.

– Roooommmm!

Os meninos pularam da cama, com medo.

– É um leão, vovô! – disse Carol baixinho.

– Não, Carol. Na Floresta Amazônica não há leões. É uma onça, mas das grandes! – comentei. – Façam silêncio. Elas caçam à noite.

– O que vamos fazer? Correr? – falou Cacá, trêmulo.

– Não – eu disse. – Ela corre muito mais que nós. É nas situações estressantes que precisamos de maior autocontrole. Vamos aquietar nossa ansiedade...

A onça rugiu mais uma vez e tentou empurrar a porta, mas não conseguiu. Por fim, desistiu. Uma hora depois, recuperados do susto, adormecemos de novo.

Logo pela manhã, uma batida na porta nos acordou.

– Toc, toc, toc.

Ficamos calados. Mas as batidas continuaram.

– Toc, toc, toc. Ei, gente, sou eu, o professor Corujão.

Respiramos aliviados e saímos alegremente da cabana. Contamos o que tinha acontecido de madrugada, e o professor balançou a cabeça, mostrando preocupação.

– Vocês precisam tomar cuidado – falou. – Poucos são os predadores que aprenderam a dominar o instinto e aplaudir o motivo pelo qual vocês estão aqui. Mas animem-se. Vocês estão vivos.

Olhamos uns para os outros e pensamos: "Bem, isso é verdade. Vamos nos alegrar por esse dia". Em seguida, o professor começou a cantar entusiasticamente. Os meninos se esqueceram do terror da noite anterior e se divertiram com seu canto, seus giros no ar e seus voos rasantes. Após o professor se assentar, Carol falou:

– Saco vazio não para em pé. Estou com fome.

Saímos para caminhar pelas trilhas da floresta em busca de alimentos. No caminho, os meninos se mostravam admirados com tanta beleza. Cada árvore, cada animal, era como uma rara pintura.

– Que lugar encantador! – expressei mais uma vez.

– Este lugar é único no mundo – disse o professor.

Nós nos fartávamos de frutas bem fresquinhas, com uma doçura inigualável. Os meninos, que estavam descobrindo o sabor da natureza, lambuzavam a boca.

Em dado momento, olhei para o chão e notei umas marcas estranhas na trilha.

– Professor, não sou perito em pegadas, mas estas não parecem ser de algum animal – falei.

– Deixe-me ver, doutor Marco Polo. Hum. Ultimamente tem havido movimentos muito estranhos nesta floresta. Isso tem me tirado o sono.

– O que te preocupa? – perguntei.

– Ainda são suspeitas. Não quero tocar nesse assunto por ora.

Enquanto ainda comíamos, Cacá, com a boca cheia, comentou com o professor Corujão uma crença que muitas pessoas tinham:

– Professor, dizem que corujas dão azar.

– Ah, que tolice! Muitos seres humanos são pessimistas. Uns dizem: "Eu sou feio"; outros: "Nada dá certo comigo". São falsas ideias que os aprisionam. Crer que as corujas dão azar é outra.

– Mas eu acho que sou um cara azarado no esporte – comentou Cacá. – Perco muitas partidas, nunca faço gol. Acreditar em sorte e azar é uma falsa crença? Acho que preciso praticar mais a técnica do DCD: duvidar desse pensamento, criticar minha insegurança e determinar ser livre.

– Parabéns, garoto, sua mente foi iluminada. Faça isso.

– Mas como você define alguém que tem sorte na vida? – perguntou Carol.

– Algumas pessoas têm mais oportunidades que outras, é verdade. Você pode chamar isso de sorte. Mas a verdadeira sorte acorda às seis da manhã. Só não tem essa sorte quem não acorda cedo para trabalhar ou estudar, quem não tem sonhos nem garra e disciplina para executar as tarefas.

No exato momento em que falavam sobre sorte e azar, algo gravíssimo estava ocorrendo no lado sul da floresta. Alguns inimigos do mais belo de todos os jardins tramavam transformar a Floresta Viva num inferno de chamas. Mas ninguém conhecia seus planos ainda.

Carol, embora se deleitasse com as frutas, parecia distante, preocupada. Olhei para ela e fiz um sinal com a cabeça, estimulando-a a falar.

– Quando algo entra na minha cabeça, não sai mais, vô – ela disse. – Não consigo parar de pensar no pesadelo das cobras.

– Você arquivou uma janela killer, Carol – disse Corujão.

– O vovô já nos falou sobre isso, mas ainda estou confusa.

– É um arquivo doentio no cérebro que aprisiona nossa capacidade de ser livre, pensar, criar, ter coragem. Os seres humanos não são presos apenas em cadeias, mas também em suas janelas killer.

– Caraca! Que legal! – gritou, feliz, a menina. – Agora entendi o que acontece comigo. Quando as pessoas me ofendem, fico martelando aquilo em minha cabeça dia e noite. Fico presa numa janela killer. Mas como sair dessa armadilha?

Quando o professor ia começar a explicação, um animal surgiu e interrompeu a sua fala. Era um grilo.

– Não dá para apagar as janelas killer, mas você pode editá-las. O segredo é aprender a ter autocontrole.

– Um grilo falante! – gritou Carol.

Com um sorriso, o grilo disse:

– Chamei mais de cem jovens. Quem imaginaria que justamente a garota mais estressada seria aquela a escutar o meu chamado?

– Ei, espere! – disse Carol, espantada. – Então era você?

– Sou o Digalá, o grilo que você quase matou com um caderno.

– Oh, me desculpe, Digalá! Eu era tão desconectada da natureza. Meus medos me controlavam.

Ela o pegou nas mãos e lhe fez um afago. Enquanto Digalá se refestelava, outro animal falante apareceu.

– Croac-croac-croac. – Era um sapo, que, depois de cantar, acrescentou: – Se eu não tivesse autocontrole, seu professor teria me cortado ao meio. Ah, eu também precisei de muito autocontrole para não morrer

de susto com os berros desse garoto. Nunca vi um humano se esgoelar tanto diante de um animal tão belo como eu.

– Ei, espere! – interrompeu Cacá, também espantado. – Você é o sapo que falou comigo na aula de biologia!

– O próprio. Eu me chamo Babá. É incrível que você, que parecia mole como uma gelatina, tenha ouvido meu chamado. E olhe que chamei uns duzentos.

– Me desculpe, Babá. Eu tinha uns medos estúpidos... – disse Cacá. – Mas como vocês conseguiram chegar aqui?

Digalá e Babá deram risada. O sapo afirmou:

– Ora, Cacá, aqui é o nosso lar. Além disso, os animais espertos pegam carona facilmente nos aviões.

Babá então retomou a dúvida de Carol.

– Carol, você perguntava sobre as janelas killer, que martelam as bobagens em sua cabeça. Para reeditá-las, faça como o seu irmão falou: respire profundamente e exercite a técnica do DCD.

– Que legal! Vocês também conhecem a técnica do DCD?

– Somos craques nela. Por isso aguento o Digalá, o Totó, a Saçá, o Pepê, enfim, o resto da turma – brincou Babá.

– Como vocês são inteligentes! – expressou Carol.

Em seguida, Digalá e Babá despediram-se dos novos amigos.

– Mas para onde vocês vão? – perguntou ela, triste.

– Passear por aí. Continuem a sua aula. Ah, e não se esqueçam de usar a chave!

Quando Babá e Digalá partiram, Cacá comentou com sabedoria:

– Parece que na Floresta Viva, diferentemente da escola, se aprende mais do que valores como respeito e bondade: aqui se aprende a pensar.

– Parabéns e mais parabéns, Cacá! – disse Corujão. – Você entendeu bem. Toda escola deveria ensinar princípios da ética, mas também a pensar e a ter autocontrole. Esses são os segredos da mente livre e da emoção saudável.

– Professor, eu não sei me controlar quando as pessoas me desapontam – comentou Carol com honestidade. – Há um tempo, chamei uma amiga de falsa porque ela marcou de ir numa festa comigo e não apareceu. Acho que plantei uma janela killer na mente dela. Preciso pedir desculpas.

– Faça isso, Carol. Na Floresta Viva, os fortes reconhecem seus erros e se desculpam, enquanto os frágeis escondem seus equívocos. Lembre-se sempre de que um Guardião da Natureza é também um guardião da paz.

Nesse momento em que Carol foi transparente, um barulho poderoso, a quilômetros de onde estávamos, perturbou a floresta. Animais saíram de todos os cantos e começaram a correr desesperados. Os pássaros voavam ansiosos. Carol olhou para o alto e disse:

– Parece um trovão? Será que vai chover?

– Espero que não seja outro tipo de tempestade – disse o professor, preocupado.

Mas o ambiente logo se acalmou. O professor então ensinou a Cacá e Carol uma das melhores maneiras de não plantar janelas killer quando corrigimos ou criticamos alguém:

– Antes de apontar as falhas de alguém, façam um elogio.

– Sou bom em criticar, confesso, mas péssimo em elogiar. Mas vou treinar mais para ser o autor da minha história – afirmou Cacá.

– Então comece a treinar agora. Você só me critica – disse a irmã.

– O quê? – reagiu ele, sem graça.

– Vamos lá! Qual é o meu defeito? Só não esquece de me elogiar antes... – insistiu Carol.

– Você é inteligente, Carol, apesar de teimosa – disse Cacá, sorrindo. E cobrou dela: – Você também vive me dando bronca. Pratique comigo.

– Você tem um coração de ouro, Cacá, mas, em alguns momentos, só pensa em você. Eu preciso do carinho do meu irmão – disse ela, emocionada.

Após esse exercício, eles se abraçaram longamente. Assim, dois irmãos que viviam brigando como cão e gato começaram a aprender a ter autocontrole e a construir uma relação inteligente. Pouco a pouco, tornavam-se grandes amigos. Os Guardiões da Natureza estavam se formando. E, se quisessem sobreviver, não poderiam estar divididos.

13

Desenvolvendo autoestima

Carol e Cacá não eram super-heróis clássicos, como o Homem-Aranha ou o Super-Homem. Eram jovens que falhavam, tropeçavam, davam foras, mas se superavam. E, para lutar contra os graves perigos que iriam encontrar como Guardiões da Natureza, só tinham uma arma: a inteligência. A sede de aprender os fazia crescer. Mas não era uma tarefa fácil para jovens tão ansiosos. Exercitando o seu cérebro, eles colocaram o professor Corujão contra a parede.

– Percebo que você é muito calmo, professor. Parece que a sua vida sempre foi perfeita, que o senhor nunca passou por crises como eu, a Carol e a maioria dos jovens humanos – comentou Cacá.

O professor sorriu suavemente, olhou para o alto como se estivesse olhando para o seu próprio passado e respondeu com sinceridade:

– Engano seu. Atravessei os vales das dores. Quando eu era uma corujinha e mal sabia voar, algumas aves grandes me ofenderam muito. Os urubus diziam: "Vejam como essa corujinha tem o nariz amassado. Que feia!". As águias, por sua vez, comentavam: "Feia? Dizer que ela é feia é um elogio. Ela é horrível. Por isso, os pais dela a escondem numa toca". E davam risadas.

– Poxa, não imaginava que um professor tão seguro e feliz como o senhor tivesse sido tão desprezado quando jovem – disse Carol.

– A rejeição produziu janelas killer tão dolorosas que eu demorei para ter coragem de voar. Só me arriscava a bater as asas à noite, quando ninguém me via. Queria me esconder de todos.

– Você chorava? – perguntou Cacá.

– Chorei muito...

– Eu acho o seu nariz lindo, professor. Mas o que você fez para superar? – indagou Carol.

– Aprendi a não dar atenção ao que não me pertence. As ofensas produzidas pelos outros pertencem a eles, não a mim. Treinei o meu Eu para proteger a minha mente.

– Como? – ambos perguntaram, interessados.

– Através da técnica do DCD que lhes ensinei. Foi assim que comecei a exercitá-la. Eu dizia a mim mesmo todos os dias: "Eu duvido que não serei feliz; eu critico o pensamento de que não sou belo; quem escreve a minha história sou eu, e ninguém mais".

Carol ficou tão tocada com a história do professor Corujão que revelou um sofrimento semelhante.

– Meus colegas também zombam do meu nariz, dizem que é enorme. Alguns falam: "Lá vai a nariz de tucano". Outros chegam a dizer: "Carol, deixe um pouco de ar para nós".

– E o que você sente nessas horas? – perguntou o mestre.

– Uma dor no peito. Eu passava horas me olhando no espelho. Amassava o nariz com a mão. Sinceramente, ainda sofro ao me lembrar disso. Chorei muitas vezes sozinha... Não tive coragem nem de contar para os meus pais. Hoje, sei que isso foi um erro.

– E que sentimento você tinha pelos seus colegas?

– Ódio! Eu tinha vontade de bater neles. Até cortei amizades – lembrou Carol.

– Crianças e adolescentes são cruéis se não desenvolvem a inteligência socioemocional, se não aprendem a se colocar no lugar do outro e a pensar antes de reagir – disse o mestre. – Mas saiba, Carol, que dar tapas, brigar, discutir não resolve os conflitos, só nutre nossos traumas.

Observando as lágrimas escorrer pelo rosto da menina, o professor se aproximou e as enxugou com suas asas. Em seguida, comentou:

– Todas as escolas dos humanos deveriam não apenas evitar o agressor, mas também proteger a emoção do agredido, ou seja, de quem sofre *bullying*. Dias mais felizes estão por vir, Carol. Não tenha medo dos seus fantasmas. Enfrente-os.

– Nunca imaginei... que eu podia proteger... a minha emoção. Ninguém fala sobre isso, nem meus pais... – disse ela com dificuldade.

Nesse momento, Cacá a abraçou e falou:

– Poxa, somos irmãos gêmeos, mas eu não te conhecia direito, Carol. Não sabia que você sofria tanto por isso. Seu nariz é lindo.

– Eu tentei te falar... mas você não deu bola... A gente precisa aprender a dialogar, Cacá. Eu também te conheço muito pouco...

Nessa hora, eu me emocionei. Com os olhos marejados, falei para minha neta:

– Nós, avôs e pais, achamos que está tudo bem com nossos filhos e netos porque só os vemos por fora, mas falhamos muito. Eu tenho cuidado de milhares de pessoas e esquecido de quem amo. Erramos em não perguntar que lágrimas vocês têm chorado, que fantasmas os amedrontam. Perdoe-me, Carol, perdoe-me. – E a abracei longamente.

– De hoje em diante, vovô, não vou trocar minha tranquilidade por qualquer bobagem.

– Bravo! – eu, Cacá e Corujão dissemos e a aplaudimos.

Enquanto o professor e os meninos conversavam, apareceu um macaco-prego, cujo nome era Totão. Ele pulava ansioso de galho em galho. Parecia estar fugindo de algo. Ao nos ver, mostrou os dentes de raiva e disse:

– Corujão, estava escondido atrás das árvores e vi que você está ensinando os filhos dos humanos a proteger a emoção, mas eles não sabem sequer proteger nossas florestas. Humanos são perigosos, pouco confiáveis.

Cacá, vendo que o macaco não era tão grande, o encarou:

– Você é muito atrevido, seu macaco!

– Quem é esse filhote de humano que ousa me enfrentar? – perguntou Totão, mais enraivecido ainda. Foi como um código para mais de cem macacos-prego e de outras espécies saírem da copa das árvores com os dentes à mostra.

Rapidamente, o professor sussurrou para o menino:

– Mostre respeito. Ele é o rei dos macacos.

Cacá curvou a cabeça, encabulado por seu erro. Depois, o professor se dirigiu ao rei macaco:

– Desculpe esse jovem humano, Totão. Ele é atrevido, mas estou preparando-o para ser um Guardião da Natureza e ajudar a salvar as espécies, inclusive a sua.

– Que bobagem – disse Totão, aos risos. – Os professores sonham com o impossível!

– Sem sonhos, nossos céus não seriam tão estrelados.

Diante disso, Carol arriscou se aproximar de Totão para lhe dar uma flor que recolhera no chão. Ao entregá-la, ela disse:

– Muito prazer em conhecê-lo, seu Totão!

Ele pegou a flor, constrangido.

– Prazer, bem... bem... – E, dando as costas para Carol, murmurou: – Não posso gostar de humanos. Eles têm destruído nossas florestas. E estão tramando destruir também este paraíso.

– Por que você diz isso, Totão? – indagou o professor Corujão, preocupado.

Mas o rei dos macacos-prego saiu apressadamente, com todo o bando, sem dizer mais palavra. O professor ficou pensativo, porém procurou não deixar transparecer sua preocupação. Tentando acalmar e animar seus convidados, falou:

– A Floresta Viva está muito agitada hoje. Tenha cuidado, Cacá. Isso serve pra você também, Carol. Se quiserem ser Guardiões da Natureza, terão de controlar seu estresse; se quiserem controlar seu estresse, terão de desenvolver autonomia.

– Autonomia? Que nome estranho é esse, professor? – perguntou Cacá.

– Autonomia é saber fazer escolhas e entender que todas as escolhas implicam perdas. É lutar pelos próprios sonhos e deixar em segundo plano o que tira a sua força. Em outras palavras, Cacá, autonomia é ter opinião própria.

Carol esfregou as mãos no rosto e comentou:

– Eu pareço forte, mas no fundo sou maria vai com as outras.

– Eu conheço alguns colegas que estão começando a usar drogas. Será que falta autonomia a eles? – indagou Cacá.

– Doutor Marco Polo, por favor, responda aos seus netos.

– Não ter opinião própria é uma importante causa do uso de drogas. Uma pessoa insegura tem medo de ser rejeitada pelo grupo social e, por isso, tem maior facilidade em experimentar drogas quando alguém lhe oferece.

– O que fazer, então? – perguntou o menino.

– É necessário dizer "não" sem medo! Com a vida não se brinca. Quem se torna dependente de drogas não consegue ser um Guardião da Vida e pode se tornar um escravo.

– Escravo? Mas a escravidão não terminou? – perguntou Carol, confusa.

– Escravos de sua emoção. O seu Eu deixa de ser livre.

– Mas o que é o Eu? Todos os dias, eu digo "eu quero", "eu faço", enfim, mas não sei direito o que você quer dizer com isso – comentou Carol.

– O Eu é a nossa identidade, a nossa capacidade de escolha – expliquei. – O Eu é como um rei que governa um país. O rei Eu precisa governar a nossa mente, os nossos pensamentos perturbadores, os nossos medos, a nossa timidez, o nosso pessimismo. O Eu precisa ter autonomia.

– Ah! Estou começando a entender. Para ter opinião própria, o meu Eu tem de ser forte e inteligente – falou Carol.

Sorri satisfeito para minha neta e completei:

– Você sabia que, por não desenvolver um Eu maduro, sete a cada dez alunos apresentam sintomas de timidez e insegurança? E que oito a cada dez jovens sofrem por antecipação, acordam cansados, sentem dor de cabeça, dores musculares, apresentam sintomas de impaciência, irritabilidade, esquecimento frequente? Eles sofrem do que chamo de Síndrome do Pensamento Acelerado.

– Minha mente é agitada, vovô. Tenho vários desses sintomas – disse Cacá.

– Eu também! Ando esquecida, acordo cansada, tenho dores de cabeça – afirmou Carol.

– E uma das causas da agitação da mente de vocês, jovens, é o excesso de informação. Por isso, vocês têm de tomar cuidado e não ficar o tempo todo conectados ao celular, à internet. Vocês precisam curtir mais a vida. Uma criança de sete anos, hoje, tem mais informações do que tinha um imperador romano quando dominava o mundo! – falei.

– Nossa, eu não sabia disso. É por isso que penso tanto – comentou Carol, impressionada. Em seguida, ela disse a si mesma: – Pare de pensar, sua cabeça agitada!

– E uma mente agitada, querida, torna muito difícil ter uma mente livre, uma emoção saudável e ser autônomo – concluí.

Carol, que carregava a chave de ouro na mão, aproximou-a da cabeça e teve uma visão que a assustou muitíssimo: uma floresta pegava fogo. Ela não sabia se era real ou imaginário, nem se era a Floresta Viva. Amedrontada, passou a chave imediatamente para Cacá. Eles ainda não conheciam os grandes poderes daquele pequeno objeto...

14

A Turma da Floresta Viva: como tudo começou

Embora Cacá e Carol atravessassem os vales dos riscos e do medo na Floresta Viva, o tempo parecia não passar para eles. Depois de todos aqueles ensinamentos, Carol fez uma pergunta muito importante, que alegrou o professor a ponto de fazê-lo abrir as longas asas e soltar o mais bonito dos seus cantos.

– Professor, como o senhor se tornou guardião?

Corujão começou a contar a mais incrível história para os meninos:

– Nenhuma floresta guarda tantos segredos como esta. Nela, vive a turma mais incrível da Amazônia.

– Que turma é essa? – quis saber Carol.

– É a turma dos meus queridos alunos, os filhos das espécies, uma turma cuja emoção eu eduquei. Eu os preparei para serem autores da própria história. Mas, sinceramente, eles me deram muito trabalho. De vez em quando, ainda escorregam.

– Quem são eles? – perguntaram os irmãos, curiosos.

– A onça Saçá, o macaco Totó, o grilo Digalá, o sapo Babá, a cobra Tatá, o javali Pepê, o canário Cantor são alguns dos meus alunos...

– Uma onça e um macaco frequentam a mesma classe? – perguntou Cacá, impressionado.

– Sim. Saçá convive bem com Totó.

– Mas eles são muito diferentes, e um é predador do outro.

O professor olhou para o garoto e disse:

– Menino esperto. Reunir essa turma com ideias e características tão diferentes realmente não foi fácil, me deixou de cabelo, ou melhor, de pena em pé!

– Mas, professor, a onça Saçá não partiu para cima do macaco? – perguntou Carol.

– Partiu – confirmou Corujão.

– E a cobra Tatá não tentou atacar o sapo Babá? – indagou Cacá. – Os sapos servem de alimento para as cobras.

– Exatamente. Eu quase fiquei maluco. Mas a educação é a única maneira de controlar os instintos. Não adiantam armas, pressão ou punição. A educação, e somente ela, pode fazer seres diferentes viverem pacificamente. Todas as guerras, todas as rejeições, todas as brigas, inclusive entre vocês, ocorrem porque falta educação emocional e social.

Após dizer isso, o professor Corujão deu alguns voos ao redor de uma imensa figueira, sentou-se num dos seus galhos mais baixos e indagou:

– Eu eduquei meus alunos em todos os lugares e situações. Na beira de uma lagoa, na copa das árvores, em dias secos e em dias chuvosos...

– Nem imagino como seja uma escola assim – disse Carol, mal se aguentando de curiosidade em conhecer a Turma da Floresta Viva.

– Imagine só! Você está assistindo a uma aula e de repente uma onça empurra suas costas! – comentou Cacá.

– Eu morreria de medo e gritaria por socorro! – reconheceu Carol.

Subitamente, ouviu-se um rugido horripilante não muito distante. Os meninos, assustados, se agarraram a mim. Queriam que eu os protegesse, mas também fiquei preocupado.

– Silêncio! – pediu o professor. – Eu conheço esse rugido.

– De quem é? – Cacá perguntou, ansioso.

– Do Mambo!

– Mambo?

– Sim. O enorme rei das onças. Ele detesta os humanos mais do que Totão. Rápido, escondam-se no buraco das raízes dessa figueira!

Rapidamente nos escondemos numa toca bem estreita, cuja entrada era camuflada por folhas. Segundos depois, um enorme animal pintado surgiu correndo. Furioso, parecia soltar chamas pelas narinas. Fungava raivosamente, sentindo a nossa presença. Rugia e gritava:

– Onde eles estão? Onde estão os humanos?

No momento em que Mambo se aproximava da toca, prestes a nos achar, surgiu uma bela e jovem onça, correndo ofegante, e o distraiu:

– Quem você procura, vovô?

– Humanos! Humanos! Avisei todas as onças desta região que hoje teremos carne fresca.

– Por que tanta raiva dos humanos, vovô? – a outra onça indagou.

– E você não tem? Eles são predadores da floresta! Honre as onças, Saçá! Coloque humanos na sua dieta antes que eles a devorem!

Mambo então se aproximou lentamente do galho onde estava o professor e soltou outro rugido de arrepiar, os dentes afiados à mostra. Com a voz grossa, gritou:

– Professor, onde estão os humanos? Alguns dizem que você é inteligente, mas, para mim, não passa de um tolo. Há comentários terríveis sobre você por estas bandas.

– Que comentários?

– Que você tem ensinado três humanos, um adulto e duas crianças. É verdade? – perguntou, irada, a gigantesca onça.

– Eu treino a mente dos amigos da Floresta Viva – disse Corujão.

– Amigos da Floresta Morta, isso sim! – disse Mambo aos berros e deu um salto na direção do professor.

Ao ouvirem a voz da onça, os pássaros que se achavam por perto quase caíram dos galhos. O professor escapou voando para o lado. O rei das onças se aproximou vagarosamente dele e advertiu:

– Cuidado, professor, mas muito cuidado mesmo! Não coloque em risco nosso lar. Acharei os seus protegidos e também os inimigos que estão no lado sul.

Em seguida, Mambo viu um cervo tomando água na lagoa. Abaixou a cabeça, assumindo uma posição de ataque, e saiu em disparada atrás dele. Sua neta Saçá o seguiu.

Já em segurança, o professor disse:

– Podem sair, amigos.

Todos ficamos paralisados de medo por alguns instantes.

– Essa onça tem ódio da gente! – disse Cacá, a testa suada de pavor.

– Mais do que imaginam. Com Mambo, não se brinca. Eu o conheço bem – disse Corujão, que, em seguida, tentou nos relaxar. – Saçá, sua neta e minha aluna, tenta mudá-lo, mas ele tem sido inflexível.

– Os alunos da Turma da Floresta Viva aprontam tanto quanto os jovens humanos? – perguntou Cacá.

– Sim. Isso é natural dos jovens; não poucas vezes, eles erram, tropeçam e até causam tumulto. Mas, em minha escola, cada dificuldade vira uma oportunidade para uma nova aula, um novo ensinamento.

– Na sua turma, há alunos inteligentes, outros medianos e outros meio tapados, como na nossa? – perguntou Carol.

– Não! Tanto aqui quanto na sua escola, todos têm grande capacidade intelectual.

– Mas alguns se saem melhor que outros, não? – rebateu a garota.

– Sim, mas porque se esforçam mais, se concentram nas aulas, brincam na hora certa...

– Poxa, professor, pensei que uns nasciam com maior inteligência que outros.

– Não, Carol. Há diferenças genéticas entre as pessoas, algumas têm maior facilidade para armazenar informação, mas todas têm inteligência e podem e devem desenvolver habilidades como raciocínio, ousadia, imaginação, capacidade de trabalhar frustrações – explicou o professor Corujão. – Vou lhes contar uma história, garotos. Preparem-se, porque o bicho vai pegar.

Os meninos esfregaram as mãos de curiosidade. Então, o professor contou sobre as estratégias que usara para que seus alunos se unissem e lutassem pelo bem-estar da Floresta Viva.

– Todos os dias eu os procurava e dizia que os fortes são unidos, os fracos vivem divididos. Os fortes lutam uns pelos outros, os frágeis só pensam em si. Foi uma tarefa quase impossível, pois eles viviam como inimigos.

E continuou:

– Os macacos-prego, em especial o jovem macaco Totó, viviam reclamando da onça Saçá. "Eu não aguento mais essa onça rabugenta!", dizia Totó. "Eu e meus amigos não podemos mais brincar no solo, que a Saçá e suas amigas correm atrás de nós como se fôssemos sua janta!" E, zombando dela, dizia: "Larga do meu pé, jacaré".

"'Não me chame de jacaré, Totó, seu macaco descontrolado!', resmungava a onça, porém o macaco não se calava.

"'Descontrolada é você', provocava Totó. 'Só porque o seu avô é o rei das onças, você pensa que é a dona da floresta. Não estou nem aí pro Mambo nem pra você, sua gata prepotente. Caia na real. Quer me comer só porque sou belo e suculento.'

"Ao ser provocada por Totó, Saçá partia para cima dele e tentava subir na árvore. Como era forte e habilidosa, conseguia. Mas Totó, esperto, saltava para outra árvore e dava risada.

"'Ha, ha, ha! Você fica mais bonita quando está nervosa.'

"Por sua vez, uma jovem cobra venenosa, a Tatá, que rastejava pelo solo em busca de um sapo ou um rato para se nutrir, reclamava do macaco:

"'Você tem o rei na barriga, Totó. Não controla a língua. Faz tanto barulho que afugenta minhas presas. Você é insuportável.'

"Totó não deixava barato. Feria o orgulho da cobra.

"'Insuportável, eu? Todo mundo me ama, sua salsicha ambulante! Você tem veneno na boca porque é mal-amada!'

"Tatá se contorcia de raiva.

"'Mal-amada? Seu... seu... Desça desse galho e me enfrente', ameaçava a cobra, irritadíssima.

"Mas Totó só dava risada. Sempre que os dois brigavam, entrava em cena um animal que não gostava da cobra Tatá. Era o sapo Babá.

"'Vê se toma banho, Tatá. Seu cheiro é tão ruim que os animais desmaiam por onde você passa.'

"O sapo dava risadas e coaxava:

"'Croac-croac-croac!'

"Nessas horas, a cobra Tatá tinha um ataque de ansiedade. Corria atrás de Babá, que rapidamente pulava até mergulhar na lagoa. Ela ficava furiosa, pois não sabia nadar.

"'Um dia, vou te pôr no papo, Babá', ela dizia.

"Então, Digalá, que sempre foi muito esperto, entrava em ação e reclamava do sapo Babá:

"'Babá, você é um linguarudo, um folgado. Nasceu no dia da preguiça. Os bichos-preguiça são mais espertos que você!'

"'Não me provoque, Digalá, senão vou te engolir vivo', dizia o sapo.

"'Quem tem medo da sua língua, Babá? Você só come insetos mortos. Além do mais, quando abre a boca para cantar, estressa a floresta inteira. Todos tapam os ouvidos.'

"Após provocar Babá, Digalá imitava os sapos:

"'Croac-croac-croac!'

"Babá perdia a paciência.

"'Cale-se, seu inseto atrevido! Vocês, grilos, não levam a vida a sério. Fazem um baile toda noite e sempre tocam a mesma música. E ainda vêm reclamar dos belíssimos sons dos sapos!'

"'Coitados. Além de péssimos cantores, são surdos', rebatia Digalá.

"Furioso, Babá saía da lagoa e pulava na direção do grilo. Soltava sua enorme língua a cada pulo, mas Digalá era muito ágil, pulava de um lado para outro. Dava um baile em Babá, que ficava exausto."

O professor fez uma longa pausa e disse:

– Reunir esses alunos não foi fácil. Eles quase me fizeram perder as penas. – Corujão olhou para o alto e comentou: – Bem, já é tarde. Nossa aula acabou por hoje.

Os meninos protestaram:

– Ah, não, conte mais!

– Amanhã de manhã. O sol quer repousar, e a lua, sair para dançar. E muitos predadores ainda não jantaram. Recolham-se e durmam bem. Ah, e comam as frutas que estão na cabana.

– Mas quem as colheu para nós? – perguntou Cacá, curioso.

– Segredo…

E, assim, o professor voou alto, cantando alegremente. Por dentro, no entanto, estava preocupado com as palavras do rei das onças.

15

Carol é salva por uma fera

A noite transcorreu tranquila, sem sobressaltos. Alguns pássaros até nos fizeram uma serenata. No dia seguinte, bem cedo, caminhamos até um belíssimo lago, onde seria nossa aula. No caminho, experimentamos surpresas agradáveis.

– Bom dia! – desejaram-nos duas tartarugas.

– Bom dia! – disse Carol.

– Levantem sorrindo! Levantem cantando! Levantem agradecendo! Quem canta seus predadores espanta. A vida é bela, nós é que a complicamos! Levantem sorrindo! Levantem cantando! Levantem agradecendo! – cantou um bando de araras-azuis, antes de dizerem em coro: – Bom dia, alunos do professor Corujão!

– Bom dia! – retribuímos.

Sentamos felizes à beira do belo lago azul, chamado de Lago do Amor, pois ali os pássaros se encontravam para acasalar. Cacá perguntou a Corujão, que havia se juntado ao grupo:

– Por que você insistiu tanto em unir os animais da Floresta Viva, professor?

– Por causa dos riscos, Cacá. Unidos, somos mais fortes; divididos, não sobreviveremos às ameaças.

– Agora eu entendo o seu esforço – disse Carol, num tom de voz enigmático, que não escapou ao avô atento.

Ela não havia comentado com ninguém sobre a última visão que tivera ao encostar a chave de ouro na cabeça, a qual a assustara muitíssimo: uma floresta pegando fogo. Carol só não sabia se era a Floresta Viva. Amedrontada, passara a chave imediatamente para o irmão e tratara de tentar esquecer aquilo.

Corujão continuou:

– Cansei de dizer: "Ei, macacos, vamos nos unir com as onças. Só assim poderemos proteger a floresta". Mas os macacos zombavam de mim. Totão rebatia: "Corujão, vê se acorda! Macacos não se bicam com onças". Mambo, por sua vez, elevava o tom de voz e esbravejava: "Corujão, nem que os macacos tussam, as onças se unirão a eles. A não ser em nosso estômago".

– Você pensou em desistir? – perguntou Cacá.

– Nunca desisto dos meus sonhos. Eu os uni por pouco tempo quando esta floresta foi ameaçada pelo pior dos nossos inimigos, o fogo. Mas, assim que ele foi debelado, todos voltaram a ser individualistas. Entretanto, o que eu não consegui com os adultos estou conseguindo com alguns animais jovens.

– Por isso, vimos o Digalá e o Babá se dando bem! – exclamou Carol.

– Exatamente. Não foi fácil juntá-los e muito menos ensiná-los a ter autocontrole. A jovem onça Saçá entrou para minha turma de alunos após fugir de alguns caçadores. Cantor, o canário, começou a participar quando perdeu o pai. Digalá, apesar de ser um grilo, foi criado pelos vagalumes desde pequeno. Ficava magoado por não conseguir emitir luz. Uniu-se à turma e superou sua frustração. Pepê, o javali, era um jovem extremamente pessimista, sentia-se um estranho no ninho, pois não pertencia à Floresta Amazônica. Seus pais foram trazidos aqui por uns estrangeiros. Mas encontrou na Turma da Floresta Viva seu lar...

– Que história linda, professor! – expressou Carol.

– Linda, sim, mas o final pode não ser feliz.

– Por quê? – perguntei na frente dos meus netos.

Foi então que o professor Corujão olhou para o céu e, com voz imponente, revelou o segredo do nosso chamado:

– Doutor Marco Polo, eu pedi que trouxessem esses dois jovens, Cacá e Carol, para prepará-los para contagiar muitos outros meninos e meninas. Eu esperava que as crianças e os jovens aprendessem a ser apaixonados pela espécie humana e, consequentemente, cuidassem melhor das florestas do mundo. No entanto, um gravíssimo problema está ocorrendo neste exato momento na Floresta Viva.

– Que problema? – perguntou Cacá, apreensivo.

– Vocês não são os únicos humanos aqui.

– Não? – indagamos.

– Mambo falou que procurava outros inimigos. E ele tinha razão. Há outros humanos acampados no lado sul da floresta. São invasores.

– E o que eles querem? – perguntou ansiosamente Cacá.

– Não sabemos direito. Mas temo pelo pior. Estão fazendo escavações. Precisamos descobrir o que tramam.

– Nós podemos ajudar – prontificaram-se Cacá e Carol.

– Esse poderia ser o seu teste final, mas vocês ainda são jovens, não estão preparados – disse o professor.

– É verdade. É melhor que apenas eu vá – afirmei para os meninos. – Vocês estão aqui sob a minha responsabilidade.

– Mas, vovô, somos os Guardiões da Natureza – retrucou Carol, mostrando que começava a ter espírito de coletividade.

– Vocês ainda estão em treinamento – falei. – Uma coisa são os riscos da Floresta Viva, que já são gigantescos, outra são os riscos causados por humanos, possivelmente criminosos.

– Mas e as regras da chave que recebemos? – insistiu Cacá.

O professor Corujão se interpôs:

– Ouçam o meu amigo, o avô de vocês. É melhor assim. Mas quero lhes dar os parabéns pela sua coragem. Tenho orgulho de vocês. – Então ele se voltou para mim e disse: – Doutor Marco Polo, comece a sua investigação amanhã bem cedo. Eu serei o seu guia.

Passamos o resto do dia nadando, subindo em árvores, passeando. Foi o dia mais tranquilo na floresta. No entanto, a noite logo chegou, e a tranquilidade foi para o espaço.

Escurecia rápido. Precisávamos percorrer cerca de quatrocentos metros pela densa mata até a cabana. Como estávamos num lugar diferente, não conhecíamos direito aquelas trilhas. No caminho, Cacá me surpreendeu.

– Estou superalegre, vovô. Nunca imaginei viver tantas experiências em tão pouco tempo.

– Eu nunca me senti tão importante. Na cidade, eu era mais uma – confessou Carol, que olhava apreensiva as folhas das árvores balançando.

À medida que a noite vestia a floresta com um manto negro, emergiam sons nada amigáveis de alguns animais.

– Eu vi dois gigantes pares de olhos. Pareciam nos espreitar – disse Carol, quase tropeçando no irmão.

– O que pode ser? – perguntou Cacá.

De repente, ouvimos um felino rugir poderosamente. Cacá não teve dúvida:

– É o Mambo, que nos fará de janta hoje!

– Precisamos ter auto... auto... controle – lembrou Carol, batendo o queixo.

– Autocontrole, nesta situação, é correr o mais rápido possível! – eu disse.

Assim, saímos em disparada. Deixei Carol ir na frente. E ela logo sumiu do meu campo de visão. A fera corria e rugia, parecia que ia nos alcançar. Naquela escuridão, era difícil percorrer o caminho, e Carol, sem que percebêssemos, se desviou da trilha.

Chegando à cabana, perguntei a Cacá:

– Cadê a Carol? Ela deveria ter chegado antes de nós...

– Não sei! – disse Cacá, apavorado.

Entramos na cabana e, como não a encontramos, saímos ansiosos, chamando-a aos gritos:

– Carol! Carol!

Ela não respondia.

Carol, perdida, chorava e gritava, mas não parava de correr.

– Cacá! Vovô!

Nós não a ouvíamos. A onça continuava perseguindo-a implacavelmente. Carol corria o mais rápido possível, sem direção. Atordoada, ela tropeçou, e a fera rapidamente a alcançou. Em vez de atacá-la, no entanto, a onça disse:

– Não tenha medo. Levante-se e me siga.

Sua voz era suave, diferente da de Mambo. Mas a menina não acreditou no que ouviu. Parecia que estava sonhando. A fera insistiu:

– Vamos, me siga, Carol.

Foi então que ela se lembrou de quando o grilo Digalá a convocara, durante uma aula. Ela recuperou as forças, levantou-se e seguiu a fera.

Outros rugidos se fizeram ouvir. Vinham de toda parte e pareciam estar cada vez mais próximos. A fera que a protegia, correndo à sua frente, a animava:

– Vamos, vamos, rápido! Não desista.

Carol e a onça passaram de uma trilha a outra, até chegarem à cabana. Sem dizer mais nada, a fera desapareceu misteriosamente. Ouvindo os meus gritos e os do irmão, Carol respondeu:

– Estou aqui! Estou aqui!

Corremos até ela e a abraçamos.

– Graças a Deus, você está viva! – falei.

Cacá também a abraçou e chorou de alegria. Nunca foram tão unidos. Rapidamente, buscamos proteção na cabana. Abrimos a porta e colocamos a trava de madeira para fechá-la. Segundos depois, rugidos de onça soaram de todos os lados. Suas patas arranhavam as paredes.

– Silêncio! – pedi aos meus netos.

Eles tremiam mais do que folha de coqueiro ao vento. Dez minutos depois, para nosso alívio, as feras desistiram. Mas eu continuava preocupado. As onças são solitárias, não costumam caçar em bando. Algo de muito sério estava ocorrendo na floresta para deixá-las tão perturbadas...

Ainda com esse pensamento na cabeça, acendi o pequeno fogão de barro. Cacá, mais calmo, perguntou:

– Carol, você se perdeu. Como achou a cabana?

– Vocês não vão acreditar. Uma onça me protegeu!

– Pare de brincadeira, Carol. Tinha umas dez onças lá fora doidas para nos devorar.

– Pois é verdade. Eu tropecei, e uma onça pulou na minha frente. Só que, em vez de me atacar, ela disse para eu me levantar e segui-la. Foi assim que reencontrei vocês.

– Inacreditável! Esta floresta tem muitos mistérios – disse Cacá.

Eu estava começando a perceber que, embora conhecesse a Floresta Viva, ela escondia mais segredos do que eu imaginava.

16

O acolhimento da Turma da Floresta Viva

Passado o susto, sentamos para relaxar e comemos. Banhos na Floresta Viva, só nas cachoeiras. Todos os dias, nos banhávamos no fim da tarde, mas hoje não dera tempo – e, depois da corrida, não estávamos cheirando nada bem...

– Cacá, você está com cheiro de cachorro molhado – disse Carol.

– Obrigado pelo elogio, Carol. Você não fica muito atrás, com esse cheiro de leite azedo.

– É, tem razão! – concordou a irmã, rindo.

O cansaço, no entanto, era maior que o incômodo com o mau cheiro, e logo desmaiamos de sono.

De madrugada, caiu uma chuva forte, que fez gotejar dentro da cabana e nos obrigou, de certa forma, a tomar banho. Meus netos, agora acordados, começaram a afundar nas águas da emoção.

– Que tempestade, a cabana vai desabar! – disse Carol, inquieta.

– Acalme-se, Carol. As maiores tempestades estão em sua mente, lembra? – falei.

– Tenho medo de trovão – confessou Cacá, tenso.

– Os trovões são como música.

– Música? – ambos perguntaram.

– São os tambores do céu anunciando as chuvas.

O vento soprava forte, arrancando alguns pedaços do telhado.

– Podemos morrer afogados! – disse Cacá.

– Não exagere, Cacá, o medo é contagiante. Quer mais perigos do que os que passamos lá fora? Vocês estão sofrendo por antecipação. Esqueceram-se do autocontrole?

Foi então que os dois respiraram profundamente e fizeram a técnica do DCD. Disseram a si mesmos que não seriam escravos do medo, que seriam livres e dirigiriam a própria história. Assim, gerenciaram a ansiedade, acalmaram as águas agitadas da emoção. A chuva não demorou a passar, e finalmente pudemos voltar a dormir tranquilos.

De manhã, os pássaros nos acordaram com canções alegres. Fios de luz entravam pelas janelas da cabana e pelos buracos no teto. Os meninos continuavam dormindo profundamente. Até que algo estranho mexeu em seu lençol e os despertou.

– Carol, estou com sono, não me perturbe! – resmungou Cacá.

– Você é que está me perturbando, jogando gravetos em mim – rebateu Carol.

– Eu não joguei nada... – disse Cacá.

– Nem eu... – afirmou Carol.

Eles se levantaram rapidamente, olharam todo o quarto e não viram nada de anormal.

– Cadê o vovô?

Cacá então viu um bilhete em sua cama: "Saí para investigar quem são os invasores da Floresta Viva. Aguardem o meu retorno dentro da cabana. Vovô Marco Polo".

Assim que Cacá terminou de ler o bilhete para a irmã, eles ouviram vozes estranhas do lado de fora da cabana:

– Quem são esses brutamontes que estão dormindo até agora?

– São preguiçosos! – disse outra voz.

Mais do que depressa, os irmãos se levantaram e gritaram pelo avô:

– Vovô?! Vovô?!

Sem ouvirem uma palavra em resposta, caminharam passo a passo até a porta. Estavam tão tensos que se podia ouvir sua respiração. Abriram--na lentamente. Ela rangeu. Os dois espiaram, porém não viram nada.

– Vamos sair com cuidado e procurar o vovô e o professor Corujão – sugeriu Cacá.

– Será? O vovô nos pediu para não sair... Tá, tudo bem, mas vamos ficar perto um do outro e não vamos nos distanciar muito da cabana, tá?

– OK! Só caminharemos um pouco.

Saíram devagar. Não tinham andado nem trinta metros, quando ouviram um barulho estranho que parecia vir da copa de uma árvore. Olharam para o alto, e nada. Quando olharam novamente para baixo, viram-se rodeados de animais ameaçadores. Não haviam percebido nenhuma movimentação.

Uma onça rosnava para eles; achava-se a alguns metros de distância, tão perto que não adiantava correr. Assustados, os gêmeos recuaram. No entanto, atrás deles, uma cobra os encarava, presas à mostra, impedindo-os de escapar.

– Manhê! – gritou Carol. – É o nosso fim!

Nessa hora, perceberam que estavam cercados por um javali gorducho com dentes afiados e um macaco pulando ameaçadoramente. Os irmãos sentiam o coração galopar; o pulmão mal conseguia sorver o ar; suor escorria pelo seu rosto.

Quando pensavam que de fato iam morrer, um grilo e um sapo, como se estivessem regendo um coral, disseram:

– Um, dois, três!

Subitamente, todos os animais que os ameaçavam cantaram:

– Cacá e Carol são bons companheiros! Cacá e Carol são bons companheiros! Cacá e Carol são bons companheiroooos! Ninguém pode negar!

Cacá ficou de queixo caído. Carol perdeu a voz. Os animais disseram:

– Bem-vindos à Turma da Floresta Viva!

– São vocês, que inacreditável! – falou Cacá.

– Que tremendo prazer! – expressou Carol.

– Bem, vocês já me conhecem e conhecem o Babá – falou Digalá. – Agora vamos apresentá-los aos demais membros da turma.

– Olá, Carol e Cacá! Eu sou a Saçá. Não tenham medo... Ontem eu te salvei, lembra, Carol?

– Foi você? – disse ela, com os olhos arregalados.

– Sim!

– Alguns a chamam de Saçá Nervosa, pois quer tudo na hora e não sabe ouvir um "não" – entregou a cobra Tatá.

Carol sorriu.

– Eu também sou assim, Saçá.

Saçá se aproximou dos meninos para abraçá-los, mas eles recuaram com medo. Ela insistiu: ficou de pé, derrubou-os com cuidado e os lambeu com carinho.

Cacá, ainda deitado, disse, bem-humorado:

– Nunca me senti tão feliz com o beijo de uma onça.

Todos riram.

Eles abraçaram Saçá de volta.

Em seguida levantaram-se, e outro aluno da Turma da Floresta Viva se apresentou:

– Olá, eu sou o inconfundível Totó!

O macaco Totó estava tão eufórico que pulava, dava cambalhotas e piruetas. Para mostrar suas habilidades, subiu numa árvore e gritou:

– Eu sou o animal mais esperto do pedaço! – Então, distraído, agarrou o que achava ser um cipó, mas que, na verdade, era uma cobra. Ao perceber o engano, gritou:

– Coooooobra!

O susto foi tão grande que ele se desequilibrou. Para não cair com tudo, se agarrou a um tronco mais abaixo, porém não conseguiu evitar bater a cabeça.

– Gaaaaaalo!

A turma toda soltou uma boa gargalhada!

– Totó leva a vida na brincadeira – disse o grilo Digalá.

Totó, mesmo machucado, retrucou:

– Levo a vida a sério também, Digalá. Tenho incríveis sacadas, sou alegre, animadíssimo e superinteligente. Bem, já deu para vocês notarem que de baixa autoestima eu não vou morrer… – Ele colocou as mãos na cabeça e fez um drama: – Ai! Ai! Ai!

– Menos, Totó – disse a cobra Tatá.

– Eu aumento, mas não invento. Sei que sou agitado e tagarela. Por isso, meus pais me chamam de Totó Sapeca. E vocês, Cacá e Carol, também falam muito? – perguntou o macaco.

– Às vezes eu falo pelos cotovelos, Totó, mas, quando preciso apresentar um trabalho na classe, eu travo, perco a voz – disse Carol.

Todos deram risada.

Depois disso, chegou a vez de a jovem cobra se apresentar:

– Olá, Cacá e Carol, sou a Tatá. Não tenham medo, tenho aprendido a pensar antes de reagir.

O macaco Totó, que não perdia uma, se intrometeu:

– Cuidado, garotos. Ela tem um veneninho na boca que faz até jacaré tremer.

Tatá não gostou da brincadeira e ameaçou dar um bote, mas se conteve.

– Você sempre me provoca, Totó. Você tem sorte de o professor Corujão ter me ensinado a ter autocontrole.

Todos da turma aplaudiram Tatá, inclusive Totó, que disse baixinho para si:

– Essa foi por pouco.

Em seguida, Tatá disse aos meninos:

– Eu sou muito teimosa. E vocês?

– Eu sou teimosa como uma mula – reconheceu Carol.

– E eu, como uma porta – afirmou Cacá.

Todos riram novamente. Cacá completou:

– Mas estou aprendendo a ser mais leve, a não perder a minha saúde emocional por bobagens.

– Eu também! – concordou Carol.

Todos aplaudiram os dois irmãos.

– Ronc, ronc, ronc… – outro animal falou. – Olá, Carol e Cacá.

Podem me dizer se gostam do meu focinho? O que acham desses meus dois dentões? E esse meu topete, está horrível? Acho que acordei muito feio esta manhã.

– Pepê é legal, gosta de ajudar todo mundo, aprendeu muitas coisas na Turma da Floresta Viva, mas ainda precisa melhorar a sua autoestima – falou Digalá.

– Eu acho o Pepê bonitão – elogiou a cobra Tatá.

– Bonito? Bonito sou eu – afirmou Totó, que logo reconheceu que havia diminuído seu amigo e se desculpou: – Desculpe, Pepê. Você é superlindo, superbelo, superdentuço, supertopetudo, supermaravilhoso.

– Não exagera, Totó. Eu sou feio mesmo. Olhe pra essa barrigona. Parece um tambor.

– Não, Pepê. Você é lindo! Você é único! – insistiu Saçá.

– Sério, Saçá?

– Tão sério que vou pedir a um amigo para cantar uma bela música pra você. – A onça Saçá olhou para o alto e rosnou.

Um canário amarelo-ouro, descendo da copa de uma árvore, entoou uma melodia belíssima e, após concluí-la, exclamou:

– Pepê, você é demais! – Então, virando-se para os irmãos, se apresentou: – Cacá e Carol, eu sou o Cantor.

– Que linda canção, Cantor. Você deve ser muito feliz – comentou Carol, deixando-o pousar em seu ombro.

– Aprendi a ser. Mas, na minha infância, passei por dias muito tristes.

– O que aconteceu? – perguntou Cacá.

– Quando eu mal conseguia sair do ninho, alguns homens prenderam meu pai numa gaiola e o levaram. Desesperado, voei com dificuldade para alcançá-lo. Meu pai, vendo o meu desespero, cantou uma canção inesquecível. Nela, pedia que eu fosse sempre alegre e jamais me esquecesse de que ninguém morre quando vive em alguém.

Carol e Cacá não acreditavam no que estavam vendo e ouvindo. A Turma da Floresta Viva era de fato a mais fascinante do que se podia imaginar.

17

Investigando os invasores da Floresta Viva

Após as apresentações, os alunos da Turma da Floresta Viva resolveram fazer uma perigosa jornada: procurar os invasores da floresta.

– Precisamos descobrir o que esses homens querem. Talvez não sejam inimigos – falou Digalá.

– Não sei, não. Ouvimos uma explosão estranha outro dia – comentou Totó. – Meu pai, Totão, nem tem dormido direito depois que soube dessa movimentação suspeita.

– E meu avô, Mambo? – disse a onça Saçá. – Depois de saber da presença desses homens, ele, que já era nervoso, anda tão irritado que nem está conversando com a vovó. Só não os atacou ainda porque teme que tenham armas poderosas.

– Eu vi as sucuris muito agitadas também – comentou Tatá. – Elas sempre foram destemidas, mas agora não falam de outra coisa...

– Então vamos descobrir quem são eles e o que querem. Afinal de contas, somos os Guardiões da Natureza! – expressou Cacá.

– Juntos, formamos um time invencível. Se descobrirmos seus planos, avisaremos o professor Corujão e o vovô. Eles ficarão superalegres e tomarão as atitudes necessárias – entusiasmou-se Carol.

– Muito bem, Cacá e Carol, mas vamos com muito cuidado – alertou Babá.

Assim, eles partiram. Percorreram trilhas estreitas, atravessaram túneis escuros, escorregaram por penhascos como se fossem montanhas-russas. Foram atacados por alguns morcegos, perseguidos por abelhas, mas sobreviveram a todos esses perigos. No entanto, para chegarem ao acampamento dos invasores, ainda precisavam passar por um imenso e perigoso lago, o lago dos Monstros.

– Lago dos Monstros? Que monstros? – perguntou Carol, preocupada.

– Bobagem... Aqui só tem peixes pequenos – comentou Totó.

– Mas o lago é imenso. Como vamos atravessá-lo? – indagou Cacá, aproximando-se da margem.

– Eu não sei nadar. Estou fora... – disse Pepê, o javali.

– A nado será impossível – afirmou Carol. – Ele deve ter uns cinco quilômetros de um lado a outro.

– Calma, gente. Sei de um lugar que tem um enorme tronco flutuante. Sou um mestre em pilotagem – disse Totó.

– Você já pilotou algum barco? – perguntou Saçá, desconfiada.

– Não, mas um macaco esperto como eu aprende tudo na hora.

– Oh, não, vamos morrer afogados – disse Pepê, sempre pessimista.

– Calma, Pepê, não nos enterre antes do tempo – interveio Tatá. – Vamos subir no tronco.

Eles acataram a sugestão de Totó sem saber exatamente os perigos que corriam. Após encontrarem um tronco grande o bastante, pegaram algumas madeiras secas, amarraram algumas folhas de coqueiro numa das pontas e as usaram como lemes.

Assim, a turma mais corajosa da Amazônia saiu para enfrentar o belíssimo – e perigosíssimo – lago dos Monstros. Totó, o líder do barco, ficou na ponta do tronco e, de pé, dava as ordens:

– Vamos lá, remem mais forte!

– Ponha a mão na massa também, Totó! – reclamou Pepê.

– Relaxe, seu javali pessimista. Alguém tem de usar o cérebro aqui.

Tudo corria maravilhosamente bem, até que, no meio do caminho, bateu um vento forte.

– Virem à esquerda! – ordenou Totó.

Sua orientação quase fez o barco virar, levando Cacá, Carol e Babá a cair na água. Babá deu um impulso e voltou rapidamente ao tronco. Enquanto isso, Carol, que tentava desesperadamente nadar, gritou:

– Aqui tem piranhas-vermelhas?

– Não! – afirmou Babá, mestre das lagoas.

– Que bom! – disse um aliviado Cacá, que tentava segurar a mão da irmã para, juntos, subirem na jangada improvisada.

– Mas tem uns jacarezinhos – lembrou Babá, para o desespero de todos.

– Jacarés?! – exclamou Carol entre uma braçada e outra. – Vocês não disseram que havia jacarés nesse lago!

– Vocês deviam saber... eles são os monstros destas águas – disse Babá.

Cantor levantou voo e observou se algum jacaré se aproximava. Não precisou de muito para ver um enorme, de mais ou menos cinco metros, bem perto dos dois irmãos. Era Jaçu, o rei dos jacarés, da espécie dos gigantes jacarés-açus. Pesava quase meia tonelada.

– Um monstro! Há um monstro do lado direito de vocês! – Cantor gritou.

Saçá rugiu para ele, mas o jacaré nem piscou. Quando este se achava a apenas dois metros dos irmãos, Saçá teve uma atitude heroica: pulou em cima dele. O monstro do lago a jogou para longe com sua cauda e começou a rodeá-la. Enquanto isso, Cacá e Carol, ajudados por Pepê e Totó, conseguiram subir no tronco. Saçá e o imenso jacaré submergiram na água. Ambos lutaram com valentia, embora Jaçu fosse muito mais forte que a jovem onça.

– Saçá! Saçá! – gritavam os amigos depois de um tempo sem sinal dos lutadores.

De repente, o lago de cor azul começou a se manchar de vermelho.

Pepê começou a chorar.

– Era a única onça que não queria me mandar para o papo – falou.

– Não existia melhor amiga do que ela – disse Babá, com lágrimas nos olhos.

Cada segundo parecia uma eternidade. Pairou um silêncio absoluto. Quando todos já pensavam que nunca mais a veriam, Saçá saiu do fundo do lago e voltou para a superfície, respirando e rugindo com intensidade. Foi uma alegria geral. Ajudada pelos amigos, ela subiu a bordo.

Meia hora depois, os aventureiros desceram na margem oposta e caminharam por mais uma hora até encontrarem o acampamento dos estranhos. A cena que viram os entristeceu muito. Havia muitas penas de ave no chão. Algumas araras-azuis estavam presas em gaiolas. No varal, uma pele de sucuri com uma listra branca nas costas, que parecia uma cicatriz, e outra de onça com uma mancha vermelha no rosto secavam ao sol. Três tendas de lona com estampa de camuflagem constituíam o acampamento.

Dois homens armados montavam guarda, provavelmente para impedir ataques de animais selvagens. Outros três, com feições mal-encaradas, entravam e saíam da tenda principal. Cacá tomou a dianteira dos amigos e disse:

– Vou investigar o que ocorre lá dentro.

– Eu sou pequeno. Vou dentro do seu bolso – falou Digalá.

– Cuidado! – pediu Carol, segurando na mão do irmão.

Escondendo-se entre as folhagens, Cacá, pé ante pé, aproximou-se da tenda maior. Certificando-se de que não havia ninguém lá dentro, rapidamente entrou e começou a olhar uma série de mapas e papéis que estavam espalhados sobre uma pequena mesa.

– O que significa isso? – perguntou Digalá.

– Não sei. Não entendo nada disso – afirmou o menino.

Pegou um documento e, após lê-lo, comentou, espantado:

– Parece que na Floresta Viva há um metal raro e caríssimo, que vale mais que diamante. Esses homens estão à procura dele.

De repente, alguns homens se aproximaram, conversando, e logo entraram na tenda. Cacá percebeu que eles estavam chegando e se escondeu debaixo de uns cobertores.

Carol e os demais amigos ficaram apreensivos. Saçá rosnou baixo e ameaçou intervir.

– Espere, Saçá, vamos pensar antes de reagir – pediu Carol.

Debaixo das cobertas, Cacá e Digalá ouviram o que preferiam jamais ter ouvido. Um homem forte, loiro e de bigode, cujo apelido era Bulus, disse aos colegas:

– Vamos ficar bilionários. Esse metal é muito raro. E esta floresta é o único lugar da Terra onde ele existe em abundância.

Outro homem, moreno, de estatura baixa e troncudo, comentou:

– Mas o governo não vai nos dar autorização para explorar esse metal neste santuário da Amazônia. Ainda que nos desse, demoraria anos.

O terceiro homem, chamado de Branco, que tinha cabelos levemente compridos, deu risada.

– Vamos atear fogo na floresta. Assim, devastada, fica mais fácil de o governo nos deixar explorá-la. E, se não deixar, é simples: nós a exploramos sem autorização.

– Mas vamos destruir este paraíso? – indagou o homem moreno.

– Paraíso é grana no bolso, otário – rebateu Branco.

– Mas muitos animais vão morrer! – insistiu o moreno.

– E daí? Animais e plantas não têm sentimentos. Além disso, daqui a cinquenta anos, esta mata se regenera – comentou Bulus.

Os olhos do grilo Digalá começaram a lacrimejar. Cacá ficou tão tenso com o plano dos invasores que se remexeu debaixo da coberta. Branco percebeu algo estranho, pegou a pistola e disse:

– Há um animal debaixo desse cobertor. Pode ser cobra!

Todos ficaram assustados. Ao retirar o cobertor com cuidado, Branco exclamou:

– O quê, um menino?! Não é possível que haja outros homens brancos nesta floresta. Um menino, ainda por cima!

– Será que fomos descobertos? Será que há mais gente atrás do nosso tesouro? – comentou Bulus

Eles pegaram Cacá pelos cabelos, arrastaram-no para fora da tenda e o interrogaram.

– Quem é você?

Cacá ficou mudo.

– Quem é você? Fale, ou levará um tiro.

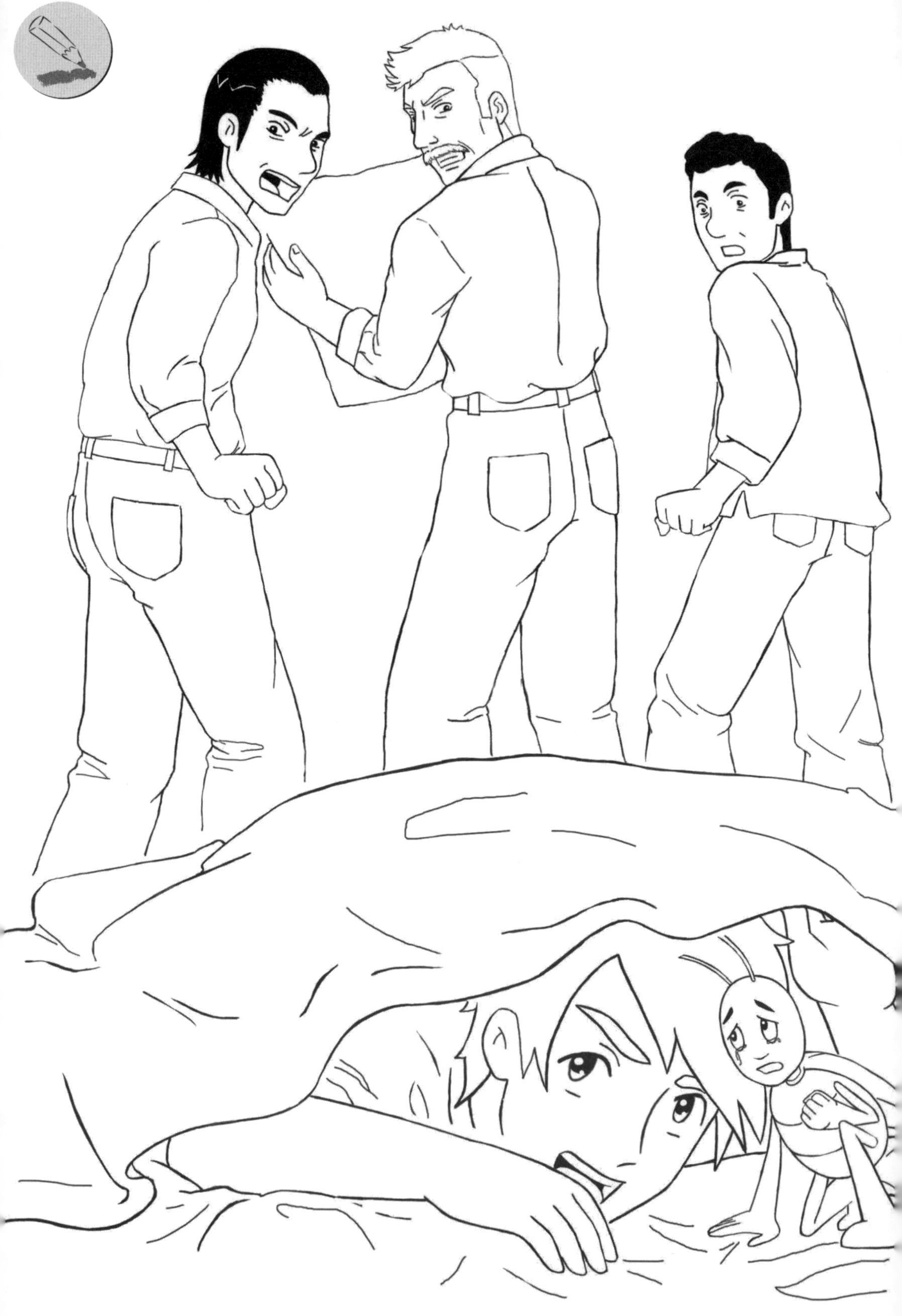

Como Cacá continuou mudo, Branco apontou perigosamente a arma para sua cabeça. Os dois guardas também tinham suas armas apontadas para o garoto.

– Vamos, fale!

Nesse momento, a onça Saçá, o javali Pepê e o macaco Totó, que haviam se aproximado sorrateiramente, pularam em cima dos homens. Assustados, alguns caíram, outros fugiram. Um dos guardas começou a atirar. Houve uma rajada de balas. Por pouco, todos escaparam; apenas Pepê levou um tiro de raspão, que arrancou parte do seu topete.

Rapidamente, a Turma da Floresta Viva partiu ao meu encontro e do professor Corujão. E os jovens não poderiam trazer notícia mais triste.

18

A grande reunião dos animais

Eu e o professor Corujão procurávamos, feito doidos, por Cacá, Carol e a Turma da Floresta Viva. Mas não havia nenhum sinal deles. Ao entardecer, quando já não tínhamos mais forças para gritar nem caminhar, eles apareceram com a língua de fora, cansados da longa travessia pelo lago. Ficamos felizes e aliviados. Cacá e Digalá nos relataram tudo o que viram e ouviram.

– Querem atear fogo na Floresta Viva. Isso é uma ameaça fatal – eu disse ao professor.

– Eu sei, doutor Marco Polo, só que evitar isso não é uma missão apenas nossa, mas de todos os animais daqui. Existe um lugar chamado Pedra Branca, uma imensa rocha onde cada espécie se reúne uma vez por ano para discutir seus problemas. Dessa vez, proponho convocar todos os animais e contar tudo o que descobrimos.

– Mas como vamos fazer isso? – perguntou Saçá, perturbada. – Se as onças ficarem diante dos macacos, os macacos diante das sucuris, as sucuris diante dos jacarés, haverá uma guerra!

– Quem vence sem dificuldades não é digno das grandes vitórias – eu adverti.

– Bravo, doutor Marco Polo! – falou Corujão. – Não devemos correr riscos à toa, mas, em algumas circunstâncias, temos de sair da nossa zona de conforto e tomar atitudes. Vamos usar a inteligência e a coragem de cada um de vocês para convidar seus pais para um encontro na grande Pedra Branca amanhã à tarde. Usarei outras estratégias para convidar as demais espécies não representadas aqui. Não falem nada sobre o que será tratado nessa reunião.

Enquanto ainda estávamos reunidos, a noite nos encobriu. Uma prateada lua cheia iluminou nossos rostos. Antes de eu pedir para descansarmos, já prevendo um dia difícil, o professor fez uma pausa e revelou uma grande preocupação:

– Vou lhes contar algo dramático. Por causa do aquecimento global, as chuvas estão diminuindo.

– Aquecimento global? Não entendo direito o que é – comentou Cacá.

O professor me pediu para explicar, e assim o fiz:

– É um fenômeno natural agravado por nossa espécie, Cacá. Nós soltamos na atmosfera os gases que intensificam o efeito estufa, dos quais o gás carbônico que sai dos carros e das indústrias é um dos mais importantes.

– Efeito estufa? Explique melhor – pediu Carol.

– Os gases que lançamos na atmosfera vão, aos poucos, se acumulando, impedindo o calor de se dissipar, causando assim o aumento da temperatura.

– Com isso – completou o professor Corujão –, o vapor de água na atmosfera aumenta, provocando seca em alguns lugares e enchentes em outros. Se os humanos não aprenderem a utilizar a água doce com inteligência, chegará o dia em que o planeta chorará por sua escassez.

– Nossa, preciso aprender a tomar banhos mais rápidos; eu demoro quase uma hora debaixo do chuveiro! – comentou Carol.

– Parabéns por essa iniciativa, Carol – eu falei. – Nossa espécie só poderá viver em equilíbrio com a natureza no dia em que cada um de nós entender que só salvaremos o planeta se estivermos unidos. Quando eu trouxe vocês para cá, queria que aprendessem a proteger sua emoção, tivessem autocontrole e entendessem que a humanidade precisa de cada um de vocês.

– Poxa, eu não sabia que uma espécie, a dos humanos, podia afetar milhões de outras. Meus avós me disseram que ela está alterando o clima na Amazônia – disse Babá, fazendo jus à fama dos sapos de serem especialistas em perceber alterações climáticas. – É verdade, professor?

– Infelizmente sim, Babá.

– Essa alternância de secas e inundações sempre ocorreu na Amazônia, mas, desde 2005, isso se tornou mais intenso. Há regiões onde a floresta pode desaparecer – disse tristemente o professor.

– Que horrível, professor! – exclamou Pepê.

– Mesmo os seres humanos que vivem nos Estados Unidos, na Europa, no Japão e na China afetam a Amazônia? – indagou Cacá.

– Mesmo eles.

– Mas eles estão tão longe! – afirmou Carol.

– Estão longe, mas habitam o mesmo planeta – o professor explicou. – O que eles fazem lá, cedo ou tarde, nos afetará também. Se os seres humanos não tiverem as três paixões sobre as quais já conversamos, a Terra sofrerá as consequências.

– Paixão pela natureza, pelo conhecimento e por sua própria espécie – disseram em uníssono Cacá e Carol.

– Exatamente! Espero que vocês, bem como milhares de outros jovens humanos de todos os continentes, tenham essas três paixões gravadas fortemente em sua emoção e se tornem líderes capazes de mudar o mundo.

"O aquecimento global diminuiu as chuvas. Com isso, a relva fica mais seca, o que faz com que o fogo se alastre rapidamente. Uma pequena chama pode destruir toda a Floresta Viva. Isso já aconteceu uma vez, mas conseguimos apagar o fogo a tempo de evitar um estrago maior. E irreversível."

– Uma floresta pode demorar milhares de anos para se formar, e o fogo pode destruí-la em poucas horas – refletiu Pepê.

Corujão apenas concordou com a cabeça. Babá então fez uma pergunta que estava na cabeça de todos:

– Por que os humanos não nos deixam em paz?

– Porque muitos ainda não aprenderam a ser Guardiões da Natureza como vocês – expressou o professor.

– Eles não se entendem. Eles têm medo de grilos e sapos, mas não têm medo de dirigir carros em alta velocidade. Quando estive na cidade para chamar a Carol, percebi que são muito complicados – comentou Digalá.

Os meninos deixaram algumas lágrimas escorrer. Em seguida, Cacá falou com um tom de desespero na voz:

– Os animais estão dormindo. Precisamos despertá-los!

– É impossível fazer isso agora. Vamos dormir. Amanhã cedo, nós os chamamos – o professor propôs.

Foi uma noite ruim para todos, que cochilavam e acordavam sobressaltados por pesadelos. Alguns sonhavam que a floresta estava pegando fogo, outros viam homens atirando nos animais, outros ainda sonhavam com máquinas cavando grandes buracos por toda a floresta.

No dia seguinte, pouco a pouco, os representantes das mais diversas espécies de animais se dirigiram à grande Pedra Branca. Logo que chegavam, os bichos se estranhavam. Os últimos a aparecer foram as onças. Quando todos os animais se achavam agrupados segundo sua espécie na imensa laje de pedra branca, uma grande confusão começou. Uns começaram a discutir com os outros. Mambo não deixou por menos. Elevou seu tom de voz e disse:

– Quem convocou esta reunião? Recuso-me a me reunir com macacos, sucuris, jacarés, iguanas e outros bichos! Que brincadeira é essa?

O professor Corujão, escondido, esperava o melhor momento para dar as caras.

Totão não se intimidou.

– Somos nós que queremos saber quem armou esta brincadeira! Macacos e onças são como o dia e a noite. Não toleraremos ficar no mesmo lugar que vocês!

Socó, o líder das sucuris, com seus mais de oito metros de comprimento, colocou mais lenha na fogueira ao gritar:

– As sucuris são as rainhas da floresta. É humilhante sentir o cheiro de vocês, macacos e onças.

– A não ser em nossa boca! – afirmou seu filho Tantã, a sucuri que por pouco não dera um bote mortal em Carol no dia em que chegaram à Floresta Viva.

– Esta floresta não tem rainhas, e sim reis, os jacarés! – defendeu Jaçu, o imenso jacaré de mais de cinco metros e meia tonelada.

As onças rugiram para os jacarés e para as sucuris. Os macacos gritaram seu canto de guerra. As cobras então entraram em ação.

– Nós não admitimos esse tipo de reunião – disse Socó. – Vocês têm de se curvar ao nosso poder, ou melhor, ao nosso veneno!

– Poder?! Numa mordida, eu as estraçalho – disse Mambo.

– E eu, com um único galho, sou capaz de enforcá-las – ameaçou Totão.

Ninguém se entendia. Os animais das mais variadas espécies viviam em mundos distantes, governados não pela sua inteligência, mas pelos seus instintos.

Em meio àquela confusão, a jovem cobra Tatá saiu de trás do grupo das cobras. Ela rastejou perigosamente até o rei das onças com o objetivo de pacificar os grupos.

– Senhores Mambo, Socó e Jaçu. Somos muito diferentes, mas precisamos nos unir. A Floresta Viva está sob forte ameaça!

Numa rápida manobra, Mambo começou a sufocar Tatá com sua pata direita.

– Não consigo... respirar...

Saçá, que estava atrás das onças adultas, entrou em ação nesse momento. Corajosamente, ela disse:

– Vovô Mambo, não machuque a Tatá. Ela é minha amiga.

O rei das onças tirou a pata da cabeça de Tatá, mas teve um ataque de raiva.

– O quê? Você, uma onça da minha linhagem, anda se misturando com... com... esses animais rastejantes? Você envergonha a nossa espécie!

As cobras se contorceram e ameaçaram atacar os felinos.

Um macaco-prego deu um salto preciso e se posicionou ao lado de Saçá e Tatá. Era Totó.

– Eu também sou amigo delas. Lutamos pelos mesmos sonhos!

– Como isso é possível, Totó? – disse seu pai, Totão, profundamente decepcionado. – Meu filho não pode ser amigo de animais tão traiçoeiros. Também sinto vergonha de você...

– Traiçoeiros são vocês, seus macacos orgulhosos – afirmou Mambo.

De súbito, um animal que não fazia parte da fauna amazônica resolveu dar as caras. Era Pepê.

– Por favor... – ele começou.

– Um imigrante? Você não tem direito de se manifestar! – revoltou-se aos brados o enorme Jaçu, que se alimentava de veados e tartarugas, mas também era capaz de comer onças, sucuris e até mesmo um javali.

– Sou imigrante na Floresta Viva, mas não no planeta Terra. Ela me pertence, e eu pertenço a ela, tal como vocês.

– Cale-se, seu porco com dentes, senão será o primeiro a morrer! – disse Mambo.

Os ânimos se acirraram. As onças rosnavam para os macacos; as sucuris e os jacarés levantavam a cabeça e ameaçavam iniciar o confronto a qualquer momento; as iguanas estavam prestes a atacar os sapos.

Quando a guerra parecia inevitável, o responsável pela reunião dos animais, o professor Corujão, surgiu. Com suas poderosas asas, deu um rasante no meio das espécies. Soltou seu piado e, aos brados, falou:

– Esperem! Esperem! Fui eu que convoquei esta reunião!

Mambo, Totão, Socó e Jaçu voltaram a atenção para ele, furiosos. Totão tomou a frente e perguntou em tom alto:

– Com que direito convida nossos inimigos para a Pedra Branca?

Todos os animais ficaram igualmente enraivecidos.

Sem medo de dizer a verdade, o professor os enfrentou:

– Eu os convoquei porque vocês não são inimigos. Vocês pertencem à mesma família.

– Família? Você só pode estar louco, Corujão! – afirmou Jaçu.

– Estou louco de amor pela natureza. Nós todos somos a família da Floresta Viva. E, se não nos unirmos, não sobreviveremos...

– Faz séculos que esta floresta existe, e ela continuará existindo por muitos mais. Não me venha com bobagens... – falou Socó agressivamente.

O professor pousou, aproximou-se vagarosamente dele e colocou a asa esquerda sobre a pata direita da onça. No entanto, o rei das onças não tinha nenhum autocontrole. Estava tão irado que não suportou a ousadia do amável mestre. Deu-lhe uma patada e o jogou longe. Angustiada, a Turma da Floresta Viva correu ao encontro do professor Corujão. Pepê, Babá, Digalá e os demais choravam, pensando que aquele seria o seu fim...

19

Os Guardiões da Paz: usando os ensinamentos que aprenderam

O professor ainda respirava, mas com dificuldade. Saçá apoiava a cabeça de Corujão em sua pata direita. Tatá tentava acariciá-lo com a cabeça. Cantor entoava uma melodia para reanimá-lo. Enquanto isso, os outros animais retomavam o seu desejo pelo confronto. As onças mostravam os dentes para os jacarés; estes abriam a enorme boca para as sucuris, que, por sua vez, levantavam a cabeça em ameaça aos macacos. Muito sangue seria derramado, como nunca havia ocorrido na Floresta Viva.

Quando tudo parecia perdido, eu, Cacá e Carol, que ouvíamos e víamos tudo escondidos detrás das folhagens, resolvemos agir. Saímos do nosso esconderijo e nos colocamos na frente dos animais. A primeira reação foi de espanto, muito espanto.

– O quê? Há humanos entre nós? Que ousadia é essa? – expressou Socó, ansioso.

– Com que direito os inimigos número um desta floresta invadem nossa reunião? – disse Totão, enraivecido.

– Vamos comer carne fresca! – falou Mambo, rugindo em seguida. Sem demora, colocou-se em posição de ataque.

Carol e Cacá, em vez de tremerem de medo, lembraram-se das técnicas de autocontrole que o maior mestre das florestas lhes havia ensinado. Primeiro, elogiar antes de apontar as falhas; assim, não abririam janelas killer. Pensando nisso, Carol disse destemidamente:

– Como podem animais inteligentes usar a agressividade para expressar suas ideias?

– Quem é essa filha de humanos petulante? – quis saber Mambo.

– Prazer, eu sou a Carol. E, antes de nos destruírem, me respondam, senhores reis das onças, dos jacarés, das sucuris, dos macacos: vocês são inteligentes?

– É claro! Muito mais do que os humanos! – responderam, cada um à sua maneira.

E todos foram em direção à menina. A tensão era evidente. Bastaria uma mordida de qualquer dos animais para Carol perder a vida...

Enquanto os animais se aproximavam, Cacá usou a resposta deles para corajosamente desafiá-los:

– Esperem! Se são inteligentes, então nos respondam uma única pergunta antes de atacarem. Quem são os fortes: os que usam o diálogo inteligente ou os que usam a violência?

Os animais diminuíram a velocidade dos seus passos. Foram pegos na própria armadilha. Começaram a pensar antes de reagir, a sair das janelas killer, a se acalmar.

– Os que usam o diálogo... – reconheceu Mambo, meio sem jeito.

Os demais animais concordaram.

– Se os inteligentes usam o diálogo, por que vocês não param para nos ouvir por alguns minutos? – indaguei. Estávamos usando a arte da pergunta para que eles mesmos encontrassem as respostas. Sabíamos que, se déssemos respostas prontas, poderíamos ser mortos em segundos.

– Vocês, humanos, são destruidores da natureza. Não temos nada para ouvir de vocês – afirmou Mambo, agora com uma voz um pouco menos agressiva.

– Quem disse que todos os humanos são inimigos da natureza? Por que não usam a força e a coragem que possuem para duvidar dessas verdades e nos ouvir? – eu disse, batendo na mesma tecla.

Digalá entrou em cena e completou meu argumento:

– Só um deus tem verdades absolutas, inquestionáveis. Não sejam preconceituosos. Os inteligentes duvidam de suas verdades, criticam sua raiva e seu sentimento de vingança e aceitam pensar em outras possibilidades.

Em seguida, foi Saçá quem tomou a palavra:

– Vovô, você é o rei das onças. Você é o nosso exemplo não apenas para caçar, mas também para pensar. Não tenha medo de pensar diferente.

Jaçu, nesse momento, fungou, abriu a enorme boca e, tocado pelas palavras de Saçá, abalou a todos com o que disse:

– Mambo, não tenha medo de pensar diferente. Saçá ontem me surpreendeu muito.

– Por quê? – disse Mambo, incrédulo.

– Porque, quando eu ia atacar esses dois jovens, ela pulou em cima de mim para defendê-los. Chegou a dar uma mordida na minha cauda por amor a esses filhotes da espécie humana. Naquele momento, aprendi que as onças sabem amar.

– Bem, Jaçu, não somos muito bons com emoção, mas de vez em quando... Eu também não sabia que os jacarés prestavam atenção nesses sentimentos. Pois todos sabem que lágrimas de crocodilo são falsas.

– Mambo, nós também temos emoções secretas... – falou o rei dos jacarés.

Socó perguntou, admirada, mas não menos confusa:

– Quem está contaminando a mente de vocês com essas ideias?

Foi então que o professor Corujão se levantou com dificuldade. Apoiado por Saçá, Pepê, Totó e Tatá, ele se posicionou mais uma vez diante dos líderes da Floresta Viva:

– Eu sou o professor deles! Eles são meus alunos na Escola da Inteligência da Floresta Viva. Todos têm mente brilhante; eu apenas lapido o que está dentro deles.

Em seguida, como numa demonstração, Tatá pulou na frente de todos os grandes animais e perguntou:

– Quem dirige a sua história, Socó, Jaçu, Totão e Mambo: o seu Eu ou o seu instinto?

– Uma cobrinha querendo ensinar as sucuris? Era só o que faltava! – disse Socó.

– E por que não? – interveio Babá.

– A inteligência de um ser não é medida por aquilo que ele sabe, mas pela consciência que ele tem de que precisa aprender – afirmou Pepê corajosamente.

– Não podemos mais viver olhando só para nosso umbigo. Precisamos investir uns nos outros – falou o mestre da Floresta Viva.

Cacá, tocado pelas palavras do professor, tirou a chave de ouro da sua bolsa e mostrou-a para os reis dos animais. Mambo ficou perplexo.

– A chave da Floresta Viva! Não é possível! Meus pais disseram que ela existia. Sempre a procurei, mas nunca a encontrei. Pensei que fosse uma lenda...

Subitamente, Totó, Saçá, Digalá, Pepê e os outros alunos da Turma da Floresta Viva mostraram suas chaves.

– As chaves! Elas são reais! – exclamaram Socó e Jaçu, admirados. – Nós também a procuramos há anos!

– Nossos ancestrais nos disseram que os portadores dessas chaves seriam os Guardiões da Floresta Viva. Você também a tem, meu filho! – comentou Totão, que se curvou em sinal de reverência.

Mambo o acompanhou no gesto, seguido pelos outros animais. Foi uma cena comovente. Então o rei das onças teve a coragem de falar:

– Estamos prontos para ouvi-los.

Foi então que Cacá e Digalá lhes contaram o que estava ocorrendo.

– Estamos próximos do fim – afirmou Digalá, angustiado, após terminarem de contar tudo o que haviam presenciado.

– Querem colocar fogo na Floresta Viva? – indagou Totão, sem acreditar no que ouvira.

– Quem são esses homens que querem destruí-la? – questionou Socó.

– E como podemos ter certeza de que vocês são diferentes desses humanos agressores? – perguntou Mambo com calma, mas também com desconfiança.

– Sei que é difícil confiar em nós, humanos, depois de tudo por que os fizemos passar. Mas pense um pouco, Mambo. Por que correríamos o risco de estar aqui e ser mortos? Ou somos completamente estúpidos, ou de fato queremos ajudá-los a salvar a floresta – afirmei.

– Estamos com o doutor Marco Polo! – disseram o professor Corujão e seus alunos.

– Bem, ele tem razão – refletiram em voz alta Jaçu e Totão.

– Faz sentido... – concordou Mambo.

– Mas nos deem uma prova do que viram – pediu Socó.

Cacá ficou ansioso. Não tinha o que mostrar, mas se lembrou de algo importante e triste.

– Não temos provas físicas. Mas vimos duas peles penduradas no acampamento desses homens. Uma era de uma enorme sucuri que tinha uma listra branca no corpo.

– Oh, não, a vovó! Há dias não a vemos... – lamentou Socó, com lágrimas nos olhos.

– Sentimos muito – falou Digalá, que, em seguida, descreveu a outra imagem: – A outra pele era de uma onça enorme, com uma mancha vermelha no focinho.

– Oh, minha irmã, te mataram... – disse Mambo, atordoado. – Somente ela tinha essa marca na face... Faz uma semana que a procuro – lamentou, enxugando as lágrimas.

Foi então que algo mágico aconteceu. Os grandes animais foram até o professor Corujão e lhe pediram desculpas. Mambo foi o primeiro a reconhecer o erro.

– Perdoe-me, professor. Eu sempre detestei humanos, mas vejo que há entre eles alguns de bom coração.

Depois, todos vieram na minha direção e de meus netos e nos estenderam as patas.

– Sejam bem-vindos – disse Socó, que levantou a cabeça e encostou-a na de Cacá e Carol.

– Os filhos dos humanos aprenderam com o professor Corujão a ser Guardiões da Natureza. Parabéns! – cumprimentou Jaçu.

Totão, por sua vez, disse para mim:

– Obrigado, homem grande. Você deve ter muito orgulho dos seus filhos.

– Eles são meus netos. E alunos...

– Bons alunos podem ser mais motivo de orgulho para seus mestres que muitos filhos – expressou Totão, antes de nos abraçar.

Jaçu também cumprimentou Saçá.

– Nunca vi uma onça defender com tanta coragem amigos de outra espécie. Mas, da próxima vez, pegue leve com meu traseiro!

Todos deram risada, apesar do clima ainda tenso.

Finalmente, algumas importantes espécies da floresta haviam se unido, sem se importarem com as diferenças de tamanho, caráter e comportamento. O que os unia – a Floresta Viva – era mais forte do que o que os diferenciava.

– Vamos expulsar os predadores de nossa floresta. Vamos lhes pregar uma peça, dar-lhes um grande susto. Mas não vamos matá-los – falou o professor.

– Mas...

– Mambo, não tem "mas". Todos precisamos ter autocontrole, pois violência só gera mais violência.

Todos aceitaram a decisão e o plano do professor. Tanto na humanidade como no reino animal, os professores sempre foram líderes geniais, mas, infelizmente, nem sempre recebem o devido valor e oportunidade.

Em seguida, os animais se sentaram, uns ao lado dos outros, formando um grande círculo, para ouvir o professor da Turma da Floresta Viva. Para comemorar essa união, Cantor homenageou a todos com uma belíssima melodia. Estávamos borbulhantes de alegria e motivação. No entanto, sabíamos que, na nossa missão, havia um risco enorme de alguns de nós se ferirem ou até fecharem os olhos para sempre...

20

A grande missão

Centenas de animais caminharam em fila indiana. O professor Corujão e Cantor foram na frente, voando. Atravessaram os mesmos caminhos pelos quais Cacá, Carol e seus amigos haviam passado. Desceram montanhas, percorreram túneis, enfrentaram atoleiros, até que chegaram ao lago dos Monstros. Os que não voavam, não sabiam nadar ou não tinham muito fôlego para a travessia – como as onças, os macacos e as iguanas – foram de jangadas improvisadas.

Totó, como sempre, estava bem-humorado e zombava de todo mundo. Novamente de pé na proa de um tronco, dava ordens como se fosse um navegador experiente:

– Sigam esta mente brilhante que sou eu, e ninguém afundará nestes mares!

– Que mares, Totó? Estamos numa lagoa! – corrigiu Babá, sentado no mesmo tronco.

– Relaxe, Babá, e curta a minha habilidade. – Mal terminou de falar, Totó se desequilibrou. – Estou caindo!

Desesperado, o macaco agarrou Carol, que estava na sua frente, e os dois caíram no perigoso lago. A menina, lembrando-se da experiência anterior, abriu uma janela killer e entrou em pânico. Não pensava em outra coisa, a não ser que seria engolida por um monstro daquelas águas.

– Um jacaré está me perseguindo!

– Sim, e dos grandes – falou Jaçu, que estava logo atrás de Carol. – Suba com Totó no meu dorso, que vocês viajarão com maior rapidez e segurança.

Foi o que fizeram. Carol montou em Jaçu e colocou Totó à sua frente. A Turma da Floresta Viva aproveitou para brincar com Totó.

– Se não fosse Jaçu, poderíamos ter nos afogado! – disse Carol.

Mas Totó não perdia o bom humor e a mania de brincar com a vida.

– Amigos, não caí do barco, apenas o troquei por outro mais turbinado. Morram de inveja!

Pepê, Saçá, Digalá e Babá também queriam esse privilégio.

Croko, o jovem jacaré filho de Jaçu, convidou Babá e Digalá para subirem em seu dorso. Socó, vendo que os demais alunos do professor Corujão também estavam ansiosos para trocar de barco, ofereceu carona a Saçá e Pepê. Outra imensa sucuri ofereceu carona a Cacá.

Assim, a turma mais esperta da Amazônia atravessou o lago dos Monstros. Por instantes, esqueceram os perigos que os aguardavam. Após alcançarem a outra margem, apressaram o passo até o acampamento. Lá, às escondidas, depararam com homens que seguravam tochas. Estavam prestes a atear fogo no mais fascinante paraíso da natureza. O risco de um incêndio incontrolável era tão grande que não dava tempo de conversar. Os animais seguiram a estratégia do professor Corujão.

Primeiro, as onças atacaram os invasores. Como estes foram pegos de surpresa, não tiveram tempo de pegar suas armas. Ao se verem acuados por tantas onças, os homens quase desmaiaram. Os inimigos da floresta tentavam fustigar os felinos com as tochas, e estes se afastavam para não se queimar. Trêmulo, Bulus, um dos invasores, gritou:

– O que está acontecendo? Onças não caçam em bando!

Seguindo o plano, as onças recuaram e os jacarés entraram em cena, acuando ainda mais os invasores. Os animais formaram um círculo e

mostravam seus enormes dentes. Depois, as gigantescas sucuris tomaram a frente do ataque. Levantaram a cabeça e abriram a enorme boca, capaz de engolir um homem inteiro. Branco, o mais agressivo dos invasores, pela primeira vez tremeu, sentindo na pele a proximidade da morte. Em estado de pânico, dizia quase sem fôlego a seus colegas:

– Esta floresta se revoltou contra nós! Estamos perdidos!

As sucuris, no entanto, em vez de abocanhá-los, abriram uma brecha para que escapassem. Vendo a oportunidade, os homens correram como coelhos, atropelando uns aos outros. Então entraram em cena os macacos, as iguanas, os sapos e as demais espécies da floresta, chocalhando folhas e atirando galhos e frutos. Os invasores gritavam por suas mães como meninos perdidos.

– Socorro! Esta floresta é mal-assombrada! – disse Bulus, assustadíssimo.

E assim correram em disparada até o helicóptero que estava pousado no acampamento. Antes de subir na aeronave, Bulus, mostrando crueldade e sede de vingança, atirou uma tocha numa moita de capim seco. Por sua vez, Branco pegou uma metralhadora e, enquanto o helicóptero subia, começou a atirar nos animais.

Um dos tiros atingiu a coxa direita de Mambo, e o rei das onças tombou fortemente ao solo, gemendo de dor. O tumulto era tanto que ninguém percebeu que Mambo estava ferido.

– Fogo! Fogo! Fogo! – alertou o professor Corujão, voando entre os animais. – Vamos apagá-lo juntos!

Na seca, procura-se água. Na chuva, esconde-se em abrigos. Mas, no fogo, as saídas são poucas e urgentes. Se não debelássemos o incêndio logo, a Floresta Viva arderia em chamas.

Como a terra estava seca e ventava muito, as chamas se espalharam rapidamente. Os jacarés, as sucuris, as onças e os macacos que haviam se reunido na grande Pedra Branca tomaram a dianteira e, com folhas de palmeira, tentaram controlar o fogo. Alguns animais iam até o rio dos Mistérios, enchiam a boca de água e a derramavam sobre as labaredas. No entanto, o maior inimigo da floresta parecia invencível.

Totó, que raramente se perturbava, gritava:

– Peguem mais água, ou vamos morrer!

As onças entraram em desespero, tossiam muito.

Saçá olhava para os lados, desesperada, e não encontrava o avô.

– Vovô! Vovô Mambo!

De repente, ela o viu caído. Partiu em disparada, chegou até ele e repousou a cabeça do avô em seu colo.

– Vovô! Vovô! Por favor, não morra!

O fortíssimo Mambo abriu os olhos e lhe agradeceu:

– Obrigado, obrigado, minha neta!

– Pelo quê, vovô?

– Por me... por me ensinar a amar.

– Vovô, não, não me deixe!

Nesse momento, eu e Carol os avistamos e corremos até eles. Como Mambo era muito pesado, com mais de cem quilos, só conseguimos arrastá-lo até um lugar próximo, porém mais protegido das chamas. Mambo passou a pata carinhosamente no rosto de Carol; depois, olhou para mim e pediu:

– Ajude a apagar o fogo. A floresta é... é mais importante... do que eu.

Procurei atender ao seu pedido. Deixei Carol e Saçá cuidando dele e continuei ajudando os demais animais naquela luta de gigantes. Uma luta que estávamos perdendo. Só de pensar que a Floresta Viva poderia ser destruída me fez cair compulsivamente no choro.

Babá clamava:

– Mais água! Mais água!

Digalá bradava para os demais grilos, aranhas e outros insetos:

– Saltem! Saltem! Não fiquem parados, senão morrerão torrados.

O professor Corujão, enfrentando o imenso fogaréu, voava corajosamente até o foco do incêndio e derramava algumas gotas de seu bico. Apenas uma pequena parte dos animais da Floresta Viva havia participado da reunião na grande Pedra Branca. Os que não haviam participado, vendo-o fazer aquilo, consideraram-no louco. Seu gesto, pensavam, era pura perda de tempo.

– O que você pode fazer com algumas gotas, Corujão? Acorde! Caia fora!

Tentando uni-los, o professor disse:

– Não posso fazer muito, mas estou fazendo a minha parte. – E, lembrando-se do que ensinara a Cacá e Carol, acrescentou: – Os fortes se unem para salvar a natureza, os frágeis vivem divididos.

Suas palavras levaram as iguanas, os jacarés e as harpias que moravam perto do acampamento dos invasores a se unirem aos combatentes do fogo. Algumas tartarugas perderam o orgulho e pediram aos macacos:

– Ajudem-nos a achar nossos filhos!

Os macacos, por sua vez, suplicavam às onças:

– Levem nossos filhotes em suas costas.

Os sapos do local, abalados, diziam aos grilos:

– Meus filhos foram passear na floresta; tentem encontrá-los, por favor!

A angústia fez os animais entenderem que eram uma grande família, a família da natureza.

Entretanto, infelizmente, a batalha estava quase perdida. Uma hora já havia se passado, e os animais começaram a se abater. Percebiam que seriam vencidos pelo fogo e que a Floresta Viva desapareceria. Começaram a chorar coletivamente. Nunca se viram tantas lágrimas.

21

O fim, ou o começo, da grande viagem

O professor Corujão estava completamente fatigado, cansado, abatido. Seu sonho de unir os animais estava sendo simplesmente queimado.

Porém, quando tudo parecia perdido, os céus, vendo o choro dos animais, se comoveram. Corujão sentiu gotas caindo no rosto, as quais se misturavam com suas lágrimas. Ele começou a cantar de felicidade:

– O céu está chorando, chovendo, chorando. Suas lágrimas estão apagando o fogo que nos consumia e aliviando nossa angústia. Não há dor que dure para sempre. O céu se lembra dos nossos pais, cuida dos nossos filhos, enche-nos de alegria. O céu está chorando, chovendo, chorando!

Todos os animais olharam para o alto e começaram a cantar junto com ele.

– O céu está chorando, chovendo, chorando. Suas lágrimas estão apagando o fogo que nos consumia e aliviando nossa angústia. Não há dor que dure para sempre. O céu se lembra...

As lágrimas das nuvens foram tantas que apagaram o imenso fogaréu. A Floresta Viva estava a salvo. Assim como ocorrera com o professor Corujão, as lágrimas do céu caíam sobre o rosto de Saçá, de Carol e de todos nós, e se misturavam com as lágrimas que saltavam de nossos olhos. Motivada, a jovem Saçá tentou despertar o avô:

– Vovô, vovô, está chovendo!

– Mambo, acorde! Está chovendo! – Carol falou também.

Mambo, um tanto sonolento, abriu os olhos e, apesar da enorme dor, exclamou:

– Oh! O céu está... chorando. Que alegria!

Nesse meio-tempo, eu, o professor Corujão, Jaçu, Totão e Socó nos aproximamos de Mambo.

– Seja forte, rei das onças, vamos ajudá-lo! – afirmou o professor.

– Não, Corujão... Já estou velho, deixe-me morrer.

– Não, vovô, não desista de viver!

– Minha querida Saçá, estamos no topo da cadeia alimentar...

– Eu sei, vovô, mas o que você quer dizer com isso?

– Para sobreviverem, as onças precisam lutar diariamente, precisam dar grandes arrancadas, correr... Uma onça aleijada morrerá de fome. Deixe-me ir – pediu Mambo.

Sua esposa, a avó de Saçá, começou a chorar. Saçá ficou aflita, mas não se entregou. Lembrou-se da chave que o professor Corujão lhe dera e do que estava escrito nela: só é verdadeiramente feliz quem investe na felicidade dos outros.

– Jamais te abandonarei, vovô Mambo! Eu caçarei para você. Tirarei da minha boca para alimentá-lo.

Todos ficaram comovidos com seu amor pelo avô. Entretanto, eu sabia que Mambo estava perdendo muito sangue e que a chance de ele sobreviver era mínima.

– Mambo precisa ser operado. É preciso estancar a hemorragia – falei.

– Mas quem vai operá-lo? – perguntou Carol.

– Eu sou médico psiquiatra. Entendo muito pouco de cirurgia. Mas, há muito tempo, quando era aluno na faculdade de medicina, acompanhei algumas operações. Vamos ver se encontramos material cirúrgico na tenda dos invasores. Quem sabe eu consigo remover a bala.

Saímos rapidamente à procura de agulha e linha para costurar o ferimento de Mambo. Após algum tempo vasculhando a tenda, Cacá gritou:

– Achei algo!

O material nos serviria de improviso. Colocamos uma plataforma sobre o lombo dos jacarés e, com muito cuidado, acomodamos Mambo para transportá-lo a uma mesa usada pelos homens que queriam destruir a floresta. Com a boca, as sucuris pegaram delicadamente o imenso rei das onças e, ajudadas pelos macacos, colocaram-no sobre a mesa. Acendemos uma tocha, e apliquei a anestesia que encontráramos, porém a dose parecia ser pequena demais para uma onça. Por isso, alertei o forte mas abatido líder das onças:

– Mambo, isso vai doer.

Notando a minha preocupação e insegurança, Mambo disse bravamente:

– Doutor Marco Polo, já estou quase morto. Qualquer coisa que você fizer... por mim... me deixará agradecido...

– Obrigado, mas poupe energia. Não fale mais nada.

Eu suava. Estava difícil encontrar a bala. Cortava aqui, cortava ali, até que, finalmente, depois de quase uma hora, vibrei:

– Você é guerreiro, Mambo! Aguentou firme! Eis a bala!

Ele estava sonolento. Ao saberem que a cirurgia havia sido bem-sucedida, todos fizeram festa. Em seguida, encontrei o vaso que minava o sangue e o fechei. Mambo precisava se recuperar. Por isso, decidimos ficar alguns dias naquele lugar.

Não tardou para que ele começasse a se movimentar, e a dar broncas. A voltar a ser o que era.

– Não me aprisionem. Não aguento ficar parado! – dizia.

– Você tem de se poupar. Se quiser ir pra casa, tem de ser com apoio e muito devagar – eu falei.

Após muita insistência por parte dele, concordamos em voltar. Mambo se apoiava ora nos animais de sua espécie, ora nos animais de outras espécies. Depois de atravessar o lago dos Monstros, seguimos lentamente pela mata. Quando nos achávamos próximos de deixar Mambo e nos separar, o professor Corujão pediu que todos nos reuníssemos mais uma vez na Pedra Branca. Mambo estava disposto.

– Vamos lá!

Na Pedra Branca, o professor propôs um pacto de amizade. Ele disse com inteligência:

– Existe a lei da natureza, pela qual um herbívoro come ervas, um carnívoro se alimenta principalmente de herbívoros, e essa lei vai continuar existindo...

Mambo interveio:

– Não posso me alimentar da carne dos amigos. Não conseguirei.

– Nem nós – disse Socó, o rei das sucuris.

– Muito menos nós... – expressou Jaçu, o rei dos jacarés.

– Cedo ou tarde, essa lei vai imperar. Ninguém foge da fome – disse o professor Corujão. – Por isso, proponho que haja um pacto de amizade: não ferir nem perseguir os amigos.

– Eu topo! – Mambo afirmou na mesma hora.

E todos concordaram. Foi uma festa ver as sucuris abraçando as onças – sem asfixiá-las – e as onças apertando os macacos – sem engoli-los. Até Jaçu beijou o javali Pepê.

– Mais devagar, Jaçu. A sua boca é muito grande! – disse Pepê, rindo.

Nesse momento, apareceu o cacique Pena Branca com seu filho, Peninha. Ao ver em festa aqueles animais que antes viviam se atracando, Pena Branca ficou de queixo caído, assustado.

– Mas o que está acontecendo aqui? – perguntou ao professor Corujão.

– É uma longa história! – disse o professor.

– E que história! – fizeram eco Cacá e Carol.

– Nós te contaremos no caminho – eu disse.

– Médico da Mente e meninos, eu quase desisti de tanto procurá-los. Agora, no entanto, chegou o momento de se despedirem.

Todos ficaram comovidos com a nossa partida. Saçá, Digalá, Totó, Pepê, Cantor, Tatá, Babá nos envolveram em um abraço. Enxugavam os olhos e diziam:

– Voltem sempre. Vocês fazem parte da Turma da Floresta Viva agora.

– Sim! Por isso agora são Guardiões da Natureza. Não deixem essa chama se apagar quando voltarem à cidade – recomendou o professor Corujão.

Mambo deu um abraço amoroso em mim e nos meninos. Comovido, só conseguiu dizer:

– Sempre detestei humanos, mas vocês me surpreenderam...

– Vocês também são inesquecíveis – disse Cacá.

– E insubstituíveis – completou Carol.

Vendo que nos demorávamos, o cacique alertou:

– Vamos, vamos, a noite está chegando. Atravessar o rio dos Mistérios no escuro é muito perigoso.

Assim, partimos. Repousamos na tribo do cacique e, no dia seguinte, ao meio-dia, saímos para pegar o barco para a cidade.

O barqueiro estava nos esperando havia duas horas. Já estava começando a ir embora quando gritamos por ele. Assustado, o homem exclamou:

– Vocês ainda estão vivos!

– Muito vivos! – disse Carol.

– Mas como sobreviveram?

– Os Guardiões dessa imensa floresta nos protegeram – afirmou Cacá.

– Guardiões? De quem você está falando?

– Se te contássemos, você não acreditaria – comentou Carol. Em seguida, ela abraçou o irmão e a mim e agradeceu: – Obrigado, vovô. Você é incrível!

– Nunca mais seremos os mesmos – concordou Cacá.

– Nem eu. Obrigado por existirem – eu falei.

Ainda abalado, o barqueiro nos interrompeu:

– Mas me digam: existe mesmo a Floresta Viva?

Olhamos um para o outro e sorrimos. Sabíamos que não podíamos falar abertamente sobre o que tínhamos visto e vivido. Cacá e Carol então disseram ao mesmo tempo, como se tivessem combinado:

– É uma lenda!

Mas, em seguida, Cacá encostou a chave de ouro no chapéu do barqueiro. E algo quase mágico ocorreu. Ele, que dirigia seu barco para

cima e para baixo no rio Amazonas, começou a ver a floresta de um jeito que jamais vira. Tudo ficou colorido, tudo parecia maravilhoso. Ele se encheu tanto de prazer que expressou:

– Que floresta linda! Que pássaros! Olhem os botos! Vejam como dançam os galhos das árvores sob a orquestra do vento!

E assim nós partimos, felizes da vida. Os meninos não se continham de tanta alegria. A Floresta Viva lhes ensinara não apenas a ter autocontrole, mas a valorizar a vida como um espetáculo único.

Era o fim da grande viagem. Mas o começo de uma grande história...

FIM

(DO PRIMEIRO VOLUME)

CARTA ABERTA AOS PAIS, PROFESSORES E GESTORES DE ESCOLAS

Estamos assistindo ao assassinato coletivo da infância e da juventude em todas as nações modernas. Temos saturado nossos filhos e alunos de atividades, jogos, cursos, computadores, internet, *videogames*, celulares e horas a fio de televisão. É uma geração que não tem tempo para brincar, se aventurar, se interiorizar e muito menos para lidar com frustrações e elaborar suas experiências. Não é sem razão que estamos diante da geração mais triste que pisou nesta terra, embora ela tenha acesso à mais poderosa indústria do entretenimento. Crianças e jovens precisam de muitos estímulos para sentir migalhas de prazer. Não é sem motivo que tem ocorrido a infantilização da emoção. Jovens com 20, 30 anos têm a idade emocional de 10, 12 anos: não sabem pensar antes de reagir, lidar com limites, ser criticados, adaptar-se a perdas, se reinventar diante das crises, lutar por seus sonhos.

Caros pais e educadores, precisamos estar cientes de que sem a infância perde-se a melhor fase da vida para formar as plataformas de janelas light (arquivos saudáveis) na memória de nossos filhos e alunos para o desenvolvimento de uma mente livre e de uma emoção saudável. Isso não é perturbador? Não adianta saturá-los de presentes, pois isso vicia o cérebro a fazer pouco do muito, tornando-os miseráveis no único lugar em que todos deveriam ser ricos. O que eles mais precisam não pode ser comprado com dinheiro: o capital das suas experiências. Em alguns momentos, fale sobre suas lágrimas para que seus filhos aprendam a derramar as deles, pois cedo ou tarde eles vão sofrer tristezas. A vida é um grande contrato de risco, cujas cláusulas principais não estão escritas: drama e comédia, aplausos e vaias fazem parte da história de cada ser humano. Vocês os têm preparado para ter resiliência, como propomos neste livro?

Sem uma infância rica, o Eu das crianças e dos jovens, que representa a consciência crítica e a capacidade de escolha, não desenvolverá suas habilidades para torná-los autores da própria história, e o processo de formação da personalidade desenvolverá ansiedade, fobias, timidez, intolerância, insegurança, consumismo, conformismo, incapacidade de filtrar estímulos estressantes. Não é sem motivo que pesquisas revelam que 1,4 bilhão de seres humanos, em algum momento da vida, vão sofrer um transtorno depressivo. Depressão, que era algo raro entre crianças e jovens, hoje é frequente. Todos deveríamos estar preocupados com o caminho que a juventude mundial está trilhando.

Tenho comentado para plateias de magistrados, médicos, psicólogos, professores, presidentes de empresas que, embora condenemos o trabalho escravo, submetemos os nossos filhos a um trabalho intelectual escravo legalizado, ao saturá-los de atividades. Como já disse no Supremo Tribunal Federal e no Congresso Nacional: "Nunca nas sociedades democráticas houve tantos escravos no único lugar em que é inadmissível ser um presidiário: no território da emoção".

Em conferências internacionais em países como Estados Unidos, Israel, Espanha, Emirados Árabes, bem como através dos meus livros, publicados em mais de setenta países, tenho reforçado que o sistema educacional mundial está doente, embora os educadores sejam os profissionais mais relevantes do teatro social. Por quê? Porque ele enfoca as funções cognitivas, como memória, raciocínio, habilidades técnicas, mas pouco trabalha as habilidades socioemocionais, enfim, as importantíssimas "funções não cognitivas" que são vitais para o futuro dos nossos jovens, como proteger a emoção, gerir os pensamentos, a capacidade de colocar-se no lugar do outro, de expor e não impor suas ideias, de trabalhar perdas e frustrações, de ser proativo, de construir relações saudáveis. Essas habilidades são muito mais complexas do que ensinar simples valores, como honestidade e respeitabilidade.

Abarrotamos o córtex cerebral de nossos filhos e alunos com milhões de informações de matemática, química, biologia, competências técnicas e outras matérias, para que eles conheçam o mundo exterior e atuem nele. E isso é, sem dúvida, muito importante. Mas são as "funções não cognitivas" que determinarão o sucesso profissional, social e emocional dos nossos filhos e alunos, bem como o futuro de um país e da própria espécie humana tão vitimada por violência, preconceito, competição predatória. Todavia, onde estão as escolas que ensinam seus alunos a proteger a emoção e a gerenciar a ansiedade? Onde estão as escolas que os ensinam a ter autocontrole e a filtrar estímulos estressantes que eles vivenciam diariamente dentro e fora da própria escola? Este é o motivo que me levou a escrever o livro *Ansiedade – Como enfrentar o Mal do Século para filhos e alunos*. Esta é minha razão de publicar a Turma da Floresta Viva: o desejo de democratizar o acesso aos personagens do programa Escola da Inteligência que criei há mais de 15 anos. Sim, há algumas centenas de escolas ensinando essas importantíssimas habilidades socioemocionais.

Como vocês viram, neste livro infantojuvenil, assumo a identidade do psiquiatra Marco Polo para dar um grito de alerta. Preocupa-me muito que crianças e jovens da atualidade não tenham gestão mínima da emoção. Ela é frequentemente terra de ninguém. Preocupa-me muito que não saibam minimamente fazer a higiene mental, não saibam utilizar o que chamo de Técnica do DCD (Duvidar, Criticar e Determinar), que, em poucas palavras, ensina a duvidar das falsas crenças, criticar os pensamentos perturbadores e determinar ser proativo e superar conflitos. Preocupa-me também que gastem energia emocional inutilmente com pensamento hiperacelerado, ciúmes, medo da perda, necessidade neurótica de ter, baixo limiar para frustração, reatividade, dificuldade de negociação, falta de pensamento estratégico.

Faça um pequeno teste sobre o esgotamento cerebral de seus filhos e alunos. Pergunte se eles acordam cansados, se têm dores de cabeça, dores musculares, se sofrem por antecipação, se têm dificuldade para dormir, se são pouco tolerantes com pessoas lentas, se têm a mente agitada e déficit de memória. Você irá às lágrimas ao fazer esse simples teste em casa ou na sala de aula. A grande maioria das crianças e dos jovens, mesmo os que frequentam escolas com mensalidades caríssimas, está com vários desses sintomas. Muitas escolas negam esse seriíssimo problema. Deveríamos ficar assombrados. Como digo nos livros *Pais inteligentes formam sucessores, não herdeiros* e *Pais brilhantes, professores fascinantes*, quanto pior a qualidade da educação, mais importante será o papel da psiquiatria e da psicologia clínicas.

Esses sintomas revelam que crianças e adolescentes estão desenvolvendo uma nova síndrome, a Síndrome do Pensamento Acelerado (SPA), que descrevi no livro *Ansiedade – Como enfrentar o Mal do Século*. Tive o privilégio de descobrir essa síndrome e a infelicidade de saber que ela "contamina" o mundo moderno. Não é uma ansiedade qualquer, como o Transtorno de Ansiedade Generalizada, o Transtorno Pós-Traumático ou o Transtorno Obsessivo-Compulsivo, mas uma ansiedade causada pela hiperestimulação dos fenômenos que constroem pensamentos. Várias são as causas dessa síndrome coletiva. Entre elas, o excesso de atividades, o uso intenso de celulares e internet, os *videogames* sem controle e, em destaque, o excesso de informações.

Veja como é surpreendente: uma criança de hoje tem mais informações que um imperador romano no auge de Roma. Um pré-adolescente de 10 anos tem mais dados em sua memória do que provavelmente Sócrates, Platão, Aristóteles, Parmênides e outros pensadores da Grécia Antiga. É impossível não esgotar o cérebro. Esse excesso de dados excita o processo de leitura da memória, acelerando a construção de pensamentos, agitando a mente e gerando uma ansiedade crônica. Por isso, após cinco minutos sem atividade, as crianças já gritam: "Não tem nada para fazer nesta casa!". Elas simplesmente não conseguem lidar com a solidão criativa, tão importante para a construção de respostas inteligentes. Reitero: eis o trabalho intelectual escravo socialmente aceito!

É particularmente frustrante saber que médicos em todo o mundo estão confundindo a SPA com hiperatividade. E, o que é pior, estão receitando medicamentos para "domar" essa hiperaceleração de pensamentos e a agitação mental que nós mesmos lhes causamos através do sistema urgente e consumista que criamos. A SPA deve ser resolvida mudando o estilo de vida, contemplando o belo, estreitando o contato com a natureza e com a arte, resgatando a infância, promovendo as aventuras da juventude e, em especial, gerenciando os pensamentos e protegendo a emoção de maneira lúdica.

Ao longo de mais de 30 anos venho estudando o processo de formação do Eu como gestor da mente humana, os papéis da memória, a educação da emoção e a formação de pensadores. Essa produção de conhecimento, associada a mais de 20 mil sessões de psicoterapia e consultas psiquiátricas, deixou-me convicto de que, sem desenvolver as funções da inteligência socioemocional, o sucesso afetivo, social e profissional pode estar seriamente comprometido. Sem trabalhar essas funções, as escolas podem ser geradoras de ansiedade, conflitos sociais, *bullying*, timidez, insegurança, fobia social, medo do debate. Questionem seriamente as escolas que supervalorizam apenas as notas escolares, pois mesmo os alunos com os melhores rendimentos podem estar apresentando asfixia das habilidades fundamentais para serem saudáveis, livres, inventivos, resilientes.

Para apoiar o processo educacional dos pais e das escolas dos mais diversos países, desenvolvi o programa Escola da Inteligência, que trabalha sistematicamente e de maneira inteligente e agradável todas as funções socioemocionais (não cognitivas) que comentei.

O programa Escola da Inteligência entra na grade curricular do ensino infantil, fundamental e médio, com uma aula por semana. Portanto, não altera o currículo da escola. Por ser lúdico, os alunos costumam amar tanto as aulas do programa que ficam contando os dias para tê-las.

O que é incrível é que, quando ensinamos "as funções não cognitivas", como proteger a emoção, colocar-se no lugar do outro e pensar antes de reagir, melhoram-se muito as funções cognitivas, como memória, raciocínio, concentração. Por quê? Porque quando melhoramos a autoestima e fortalecemos o Eu como gestor da mente humana, os alunos se concentram e aprendem mais, desenvolvem o debate de ideias, a intepretação de textos. O programa Escola da Inteligência diminui muito a violência, o *bullying*, expande a solidariedade, o altruísmo, a segurança, a autonomia. Todos ficam comovidos ao ver os resultados: crianças de 7 anos dizendo a seus pais "papai, você perdeu o autocontrole", outras de 10 anos alertando "mamãe, você está reagindo sem pensar".

Após recente conferência para a Unesco, o braço da Organização das Nações Unidas (ONU) para a educação, a ciência e a cultura, na qual estavam presentes gestores e coordenadores de cerca de cem escolas, uma diretora, cuja escola havia adotado o programa Escola da Inteligência, deu-me um afetuoso abraço e me agradeceu, não apenas como gestora, mas como mãe. Disse que era visível a contribuição para a formação da personalidade dos seus filhos. Não faz muito tempo também que, numa conferência para líderes das maiores empresas do país, alguns executivos, provenientes até da França e da Alemanha, agradeceram-me por essa nova abordagem sobre o funcionamento da mente e das habilidades socioemocionais para educar seus filhos. Ficaram convictos de que educar uma criança é muito mais difícil do que dirigir uma empresa com milhares de funcionários. Nesse evento, durante o debate, uma jornalista do Grupo Globo disse que, quando soube do programa E.I., enviou mensagens a todas as suas amigas para que procurassem, para seus filhos, escolas que o apliquem. Queremos contribuir, pelo menos no que está ao nosso alcance, para uma humanidade melhor, mais inteligente e emocionalmente saudável. Atualmente temos 200 mil alunos, e há dezenas de países querendo importar o programa.

Aproveito para dizer que estamos usando os recursos dos direitos autorais do programa Escola da Inteligência para adotarmos instituições que cuidam de jovens em situações de risco, em destaque orfanatos do país, para dar gratuitamente as mesmas ferramentas para que eles tenham mais chances de ser saudáveis nessa sociedade altamente estressante. Somos, provavelmente, o instituto que mais contrata pedagogos e psicólogos no país. São mais de 50 profissionais. Eles levam adiante a bandeira do programa E.I., um programa que não apenas contempla alunos, mas também professores e pais.

Alguns parágrafos antes, sugeri que vocês fizessem um teste com seus filhos e alunos para tomarem consciência do alarmante estado da saúde emocional das nossas crianças e adolescentes. Dias antes de este livro entrar em gráfica, fui convidado a visitar uma das escolas particulares mais caras do Brasil e tive uma nova oportunidade de colocar o teste em prática. Eu estava diante das gestoras da escola, três psicólogas e professores, bem como de uma plateia enorme de alunos de 10, 11 e 12 anos. Esses alunos me entrevistaram. Foi fascinante. Depois, eu lhes perguntei quem acordava cansado. Quase todos levantaram as mãos. Indaguei quem tinha dores de cabeça e musculares. Grande parte se manifestou. Questionei quem sofria por antecipação, era ansioso e tinha déficit de memória ou esquecimento. Novamente a maioria levantou a mão, para espanto das gestoras e dos professores. Depois, perguntei quem tinha dificuldade de dormir ou acordava de madrugada e usava o celular. Mais de um terço desses meninos e meninas disse ter algum desses comportamentos. Contaram-me, inclusive, que tinham criado um grupo no Whatsapp, "alunos acordados depois da meia-noite". Todos da escola ficaram espantados com esses dados.

A seguir, perguntei quem já havia sofrido *bullying*. Quase metade da classe afirmou ter vivenciado alguma experiência negativa, e alguns alunos recordaram as agressões verbais que sofreram. Meus olhos lacrimejaram. Perguntei ainda quem, em pesadelo, se via morrendo. Mais da metade da classe disse já ter tido um sonho assim.

É uma pena que os pais e professores não façam essas perguntas aos filhos e alunos. É frustrante que a educação clássica esteja doente, que não poucas escolas prefiram se preocupar apenas com notas escolares e comportamentos éticos exteriores, e não percebam os grandes problemas dos seus alunos. Felizmente essa escola de classe A acordou. Entendeu que falar de valores e liderança, como fazia, era completamente insuficiente para formar mentes livres e saudável. O resultado? A escola aderiu ao programa que estamos propondo. E você, se preocupa com a saúde emocional dos filhos e alunos?

Se o que eu lhes disse faz sentido, se vocês enxergam que as habilidades socioemocionais são vitais para seus filhos, conversem seriamente com o gestor da escola deles e verifiquem se estão trabalhando a capacidade dos estudantes para proteger a emoção, gerenciar a ansiedade, pensar antes de reagir, promover empatia e outras. Se você quiser conhecer o programa Escola da Inteligência, contate os consultores: www.escoladainteligencia.com.br ou (16) 3602-9420.

Academia de Gestão da Emoção

A produção de conhecimento do dr. Augusto Cury e as suas decisões não têm apenas impactado leitores de muitas nações, mas também têm sido assunto da grande mídia. Seu mais novo projeto, que vem sendo desenvolvido nos últimos dez anos, é a Academia de Gestão da Emoção *on-line*. Trata-se da primeira academia de gestão da emoção do planeta; uma escola digital com programas gratuitos e projetos sociais fascinantes, com foco na prevenção do *bullying*, do suicídio e no fim da ditadura da beleza.

A academia também oferece cursos e seminários de Coaching de Gestão da Emoção. Nesse projeto, você aprenderá as ferramentas mais importantes para gerenciar a sua mente, superar os cárceres mentais e ser autor de sua história!

Para conhecer mais o projeto, acesse:
www.omelhoranodasuahistoria.com.br

#Augustocury #omelhoranodasuahistoria
#academiadegestaodaemocao
#4semanasparamudarasuahistoria